Helena Pachs

Geschichten aus der
Streichholzschachtel

AF140025

Helena Pachs

Geschichten aus der Streichholzschachtel

21 magische Erlebnisse

Books on Demand

Bibliografische Information der Deutschen Nationalbibliothek: Die Deutsche Nationalbibliothek verzeichnet diese Publikation in der Deutschen Nationalbibliografie; detaillierte bibliografische Daten sind im Internet über http://dnb.d-nb.de abrufbar.

Pachs, Helena:
Geschichten aus der Streichholzschachtel. 21 magische Erlebnisse / Norderstedt: Books on Demand 2023.

Umschlaggestaltung: Helena Pachs, J.K., BoD.
Herstellung und Verlag: BoD – Books on Demand, Norderstedt.
ISBN: 978-3-73473623-0

www.bod.de

Für Elly,
die so viel weiß

Vorwort

Liebe Leserinnen,
liebe Leser,

vor Ihnen liegt ein Buch mit Erzählungen, die mir zugetragen wurden oder die ich so oder ähnlich selbst erlebt habe. Manche Geschichten – oder soll ich besser sagen: Legenden? – erzählt man sich seit Jahrzehnten, andere sind erst wenige Jahre alt. An manchen wurde vom Ursprünglichen etwas weggelassen, bei anderen sicher auch etwas hinzugefügt, wie es nun einmal ist mit Legenden und freien Erzählungen.

Ein Fünkchen Wahrheit jedoch, sagt man, stecke in jeder Geschichte. So ist es vermutlich auch bei diesen. Und eines jedenfalls verbindet sie alle: In ihnen offenbart sich die Magie des Alltags. Sie kann jedem von uns begegnen, wenn wir es nur wagen, ihre Zeichen richtig zu deuten. Und deshalb sind es diese Geschichten es wert, einem Kreis zugänglich gemacht zu werden, der größer ist als die Familie oder andere vertraute Zuhörer.

Sie sind in der Ich-Form geschrieben, weil ich hoffe, dass sich das ursprüngliche Geschehen dadurch intensiver nacherleben lässt.

Früher habe ich die Erzählungen ausgedruckt, in schmale Bahnen geschnitten, in winzige Leporellos gefalzt und in Streichholzschachteln verpackt, die ich sorgfältig beklebte. Ich verkaufte sie auf Weihnachtsmärkten, wo sie ziemlich beliebt waren. Eines Tages fragte mich eine Kundin, ob es die Geschichten als Sammlung gebe. Daraus ist nun dieser Titel entstanden, dem ich noch einige neue Erzählungen hinzugefügt habe, die es niemals in den Streichholzschachteln gab.

H.P.

Die Achterbahn

Ich mag Achterbahnfahrten. Dieses langsame Hochfahren in Erwartung der Kuppe, bevor es mit einem Wahnsinnstempo, das einem den Atem nimmt, beinahe senkrecht nach unten geht, in eine Kurve, in einen Looping hinein oder noch einmal krass nach oben, wieder zur Ruhe vor dem Sturm. Wenn es einem die Haare nach hinten weht, den Magen beutelt und die Haut an die Wangenknochen presst; dann das Kitzeln im Bauch, wenn die Fahrt vorüber ist, Kichern im Kopf, Lachen im Gesicht, all das mag ich sehr. Deshalb lasse ich keine Fahrt in den Vergnügungsparks aus, und keine auf den großen Rummelplätzen.

Es ist noch nicht lange her, da gab es auf einem der Rummelplätze eine Achterbahn mit Tunnel. Es war in Heidelberg, wo ich seither nur einmal war. Bislang hatte ich solche Tunnel nur in den Vergnügungsparks gesehen, bei den dauerhaft installierten Fahrgeschäften. An diesem Tag war die Hölle los. Sonnenschein, langes Wochenende und 25 Grad im Schatten. Merkwürdigerweise dauerte es aber nicht lange bis ich einsteigen konnte. Keine fünf Minuten musste ich warten.

Und was mich noch viel mehr erstaunte: Ich konnte ohne eigenes Zutun im vordersten Wagen einsteigen. Die Sitze waren ungewöhnlich weich und strukturiert, beinahe wie Moos. Mir blieb keine Zeit, sie genauer zu betrachten, denn jetzt wurden bereits die Sicherheitsbügel geschlossen.

Ruckelnd setzte sich die Wagenschlange in Bewegung. Ich bemerkte sofort, dass ich gar nicht der Kopf einer Schlange war. Mein Wagen fuhr ganz alleine die erste Steigung hoch. Vor mir stand die gleißende Sonne am Himmel, unter mir flanierten Besucher durch die breiten Gassen zwischen den Fahr- und Essgeschäften, ein Hauch von Karamell wehte vorüber.

Mein Wagen erreichte die Kuppe. Ein kurzer Moment, Innehalten vor dem Schock, der den Körper erfasst, während das Vehikel nach unten rast, zappelnd, wackelnd, Hände klammern sich um den Bügel, Füße drücken gegen den Boden. Jauchzen. Als der Wagen in den Tunnel einfährt, wird es dunkel. Dann Stille. Wie Schweben.

Jetzt sehe ich eine andere Welt. Eine Weite liegt vor mir und unter mir, wie ich sie nicht kenne. Eine wunderbare Landschaft, die gar nicht aufhören will zu sein und zu werden, sonderbare Bäume mit riesigen Blüten, wie Hortensien, Protea haushoch, wilde Tiere brüllen. Ich habe keine Zeit, mich über all das zu wundern. So schön ist es und so sehr nimmt es mich in Besitz.

Der Wagen hält. Das Schweben endet, der Bügel hebt sich, rechts von mir eine Art Steig aus groben Steinplatten, niedrig, inmitten dieser Landschaft. Dahinter ein Weg ins Grüne, verschlungen, aber eben. Ich weiß, dass ich mich entscheiden muss: Aussteigen oder sitzen bleiben. Ängstlichkeit steigt in mir auf. Was würde mich erwarten? War da noch jemand? Gab es hier wirklich wilde Tiere? Würde ich je zurückkehren?

Entgegen meiner Gewohnheit gebe ich der Ängstlichkeit keinen Raum und steige aus. Zaghaft, ja, aber ich hebe einen Fuß aus dem Wagen, setze ihn auf den Boden, verlagere mein Gewicht hinüber in diese schöne Welt und stehe jetzt mitten darin und fühle, dass diese Entscheidung die richtige ist.

Fahrtgast spurlos verschwunden.
Heidelberg. Am gestrigen Sonntag ist auf dem Heidelberger Volksfest eine junge Frau in der Achterbahn „Speed Lounge" während der Fahrt unter mysteriösen Umständen verschwunden. Die Frau sei im vordersten Wagen gegen 14 Uhr eingestiegen, heißt es laut Polizeibericht, habe

jedoch weder den Ausgang erreicht noch sei sie bei einer Suchaktion auf dem abgesperrten Gelände gefunden worden. Auch eine Suche bis spät in die Nacht mit umfangreicher Zeugenbefragung habe keine Spur ergeben. Die Polizei bittet um Mithilfe. Näheres auf der Seite www.heidelberg.de/polizeimeldungen/vermisste-personen/{0/html im Internet.

Am nächsten Tag – ich hatte frei – las ich die Meldung in der Zeitung. Nach einem Blick ins Internet war mir sofort klar, dass ich gemeint war. Ich rief bei der Polizei an und gab Entwarnung. Natürlich glaubte man mir nicht, weshalb wenig später zwei Beamte vor meiner Tür standen, um die Personalien aufzunehmen, ein Foto zu machen, mich zu befragen.

Selbstredend glaubten sie mir ebenfalls nicht, dass ich mich an nichts erinnerte, dass ich am Morgen in meinem Bett aufgewacht war und mich sehr gut fühlte, ausgeruht, zufrieden, dass ich mich aber nur an das Einsteigen in die Achterbahn erinnerte, sonst an nichts mehr.

Gut, ein bisschen war es schon geflunkert. Was hätte es gebracht, wenn ich ihnen von dem Steg erzählt hätte? Wahrscheinlich hätten sie mich für verrückt gehalten. Und mehr wusste ich ja wirklich nicht.

Schließlich wurde die missglückte Suchaktion auf ein Versehen des Achterbahnbetreibers geschoben, und mich wollten sie zu einem freiwilligen Drogentest bewegen, weil sie vermuteten, jemand hätte mir etwas in ein Getränk geschüttet. Das aber lehnte ich dankend ab und die Sache wurde ad acta gelegt.

Abends kam mein Mann von einer Geschäftsreise zurück. Er sprach mich auf die „ungewöhnliche Blume" an, die in der Vase auf unserem Esstisch stehe. Ich hatte zwei Tage zuvor einen Strauß drapiert, wie immer vor dem Wochenende. Beim genauen Hinsehen entdeckte ich, dass zwischen den satt-orangenen Gerbera eine tiefrote Blüte mit einem azurblauen Kern und knallgelben Pollenstempeln steckte. Ihre gezackten Blätter schillerten metallen. Als ich näher ranging, um sie genauer zu betrachten, strömte mir ein wunderbar frischer, aromatischer Duft entgegen und das Gefühl von tiefer Zufriedenheit stieg in mir auf. In einer Art Gedankenblitz sah ich die Landschaft wieder, in der ich gewesen war, meinen Zauberwald, Berge, Wiesen.

Die Blüte war noch frisch und bunt, als die Gerbera längst verblüht waren. Erst nach einem halben Jahr begann sie, sich zu verfärben, dann fielen die Blätter ab. Doch ich war nicht traurig darüber. Denn bis dahin hatte ich ihren Duft so oft eingeatmet, dass allein der Gedanke daran Glück und Zufriedenheit in mir aufsteigen ließ. Heute glaube ich, dass ich lernen sollte, dass ein glücklicher Gedanke den Menschen zufrieden macht. Ich jedenfalls bin seither viel ausgeglichener; ich brauche ja nur an meine Blume zu denken.

Bei meinem Mann hat der Duft übrigens auch etwas bewirkt. Er hat mir meine Geschichte geglaubt, obwohl er sehr skeptisch bei solchen Dingen ist und obwohl er weiß, dass meine Phantasie manchmal mit mir durchgeht.

Die Reste der Blüte habe ich übrigens in unserem Garten vergraben. Ich brachte es nicht übers Herz, sie zu entsorgen. Später pflanzte ich an jener Stelle ein Hibiskusbusch. Er blüht jedes Jahr ganze vier Wochen lang in tiefem Rot. Und wenn man ganz genau hinsieht, kann man den leicht metallenen Glanz der Blütenblätter sehen, die die gelben Pollenstempel umgeben.

Das Auge

Es war auf einmal da. Als ich einen Weg entlang ging, den ich schon hundert Mal gegangen war, sah ich es und es sah mich. Beobachtete mich und blickte in mich hinein, als wollte es sagen, ich warte schon lange auf dich.

Als ich auf den Baum zuging, konnte ich sein Gesicht erkennen, im Profil. Das Auge und eine Stupsnase und faltige, knorrige Haut. Weil mir einfiel, wie mal jemand sagte, die Augen seien die Fenster zur Seele, ging ich noch näher heran. Seine Pupille war ein spitz zulaufendes Oval von einer Schwärze und Tiefe, deren Grund ich nicht entdecken konnte, und ich neigte den Kopf, um besser hineinsehen zu können. Dann glitzerte etwas in der Tiefe. Ein winziger Diamant? Ein Licht? Ich konnte es nicht erkennen, machte die Augen schmal, um schärfer sehen zu können, als das Licht langsam heller wurde und einen Raum ausleuchtete.

Es war ein Labor mit Glasballonen, einem Bunsenbrenner, verschiedenen mit farbigen Flüssigkeiten gefüllten Flaschen, einer Fülle von Zetteln mit handschriftlichen Notizen und Zeichnungen, mit leeren Streichholzschachteln und Körben mit getrockneten Pflanzen, dazwischen Münzen und abgegriffene Geldscheine, ein Vogelbauer, in dem ein Porzellanvogel saß, dazu ein abgenutzter, dunkler, riesiger Holztisch in der Mitte des Raumes, auf dem all das stand und lag und noch vieles mehr, an das ich mich nicht mehr erinnere. Nur das Durcheinander ist mir noch im Kopf.

Das Licht, übrigens, ging von einer Gaslampe aus, die über dem Tisch an einem Draht hing, der mit einem Haken an der Decke befestigt war. Weil der Draht sehr lang war und die Lampe tief, gefährlich tief neben einem der Trockensträucher hing, warfen manche Gegenstände hohe Schatten an die glatten, weiß getünchten Wände des Raumes. Einer davon sah aus wie ein dicker Mann mit schmalem Kopf und Kragen. Das machte ein runder Kolben mit einem Korkverschluss, in dessen Bauch eine farblose Flüssigkeit ruhte.

Dann löste sich tatsächlich ein Mann aus dem Schatten von der Wand. Er trug einen weißen Arbeitsmantel und trat an den Tisch, hielt sich ein kleines Reagenzglas vor die Nase, während er mit der anderen Hand bedächtig den Korken aus eben jenem Kolben herausdrehte. Dann fixierte er die Flüssigkeit in seinem Reagenzglas, schüttelte dieses ein wenig und kippte seinen Inhalt dann mit einer raschen Bewegung in den Kolben und verschloss diesen wieder sorgfältig.

14

Augenblicklich breitete sich in dem Gefäß dichter weißer Nebel aus, und der Chemiker – so nenne ich ihn jetzt einfach mal – schob mit einer aufgeregten Bewegung die Utensilien beiseite, die ihm die Sicht auf den Boden des Kolbens versperrten. Es klirrte leise, etwas fiel hinunter und zerplatzte mit einem hohlen Geräusch, was der Mann gar nicht bemerkte. Er umfasste den Hals des Kolbens, zog ihn näher zu sich heran. Jetzt konnte ich deutlich sehen, wie sich darin eine dünne metallene Schicht unter einer schmutzigen Flüssigkeit absetzte, während der Nebel als zähe Tropfen an den Wänden des Gefäßes hängen blieb.

Mit zittrigen Händen, den Blick nicht von dem Kolben abwendend, fischte der Chemiker nach einer schweren Eisenzange, mit der er vermutlich normalerweise die Kolben packte, wenn sie zu heiß wurden. Mit einem schweren Hieb schlug er das Gefäß kaputt, so dass die Flüssigkeit auf seinen Mantel und den Boden schwappte. Aus den Scherben zog er dann vorsichtig einen flachen metallenen Klumpen heraus, der im Licht der Gaslampe golden schimmerte.

Ich hörte eine Stimme, die mit einem Hund sprach. Dann schnüffelte etwas an meinem Bein und ich kam aus meinen Gedanken und aus dieser fremden Welt wieder herüber in das ‚Hier und Jetzt‘, wie man so sagt, ließ mich von dem Halter des Hundes fragen, ob er mir helfen könne oder was er hier Besonderes zu beobachten gebe.

Da ich zuerst erstaunt und dann verärgert über dieses abrupte Ende meiner Beobachtung war, ignorierte ich ihn zunächst – ich weiß, das ist unhöflich – und sah wieder in das Baumauge hinein, in dieses wunderbare Auge, nach dem Raum suchend, hoffend, diesen magischen Moment noch einmal zu erleben, herauszufinden, wie die Geschichte weitergehen würde. Aber da war nichts mehr. In der Tiefe des Auges konnte ich nichts anderes erkennen als schwarzes Holz und Asseln, die in den ausgetrockneten Furchen herumkrabbelten.

„Was ist da?“, fragte der Hundehalter.

„Bitte.“ Ich machte einen Schritt zur Seite.

„Sieht aus wie ein Auge“, sagte er.

Der Hund, ein Golden Retriever, sah mich an und ich streichelte seinen Kopf, während sein Herrchen sich in den Anblick des Baumauges vertiefte, dann die Sonnenbrille abnahm und den Kopf neigte, um besser hineinblicken zu können. Eine Weile war der Beobachter ganz still, während sein Hund an meinem Bein lehnte und sich streicheln ließ. Dann schüttelte der Mann unwirsch den Kopf.

„Ein Astloch", sagte er, „nichts weiter!"

Aber ich wusste, dass er etwas gesehen hatte.

„Was hat er gemacht?", drängte ich ihn, und meinte natürlich den Chemiker.

„Was? Hä?", gab der Mann zurück. „Sie spinnen doch!"

Dann schnappte er seinen Hund und ging kopfschüttelnd weiter, ohne sich noch einmal umzusehen. Was hatte diesem Mann so viel Angst gemacht? Schade, dass ich nie erfahren werde, wie die Geschichte weiterging. Ich habe seither oft hineingesehen, in dieses magische Auge. Aber da war nichts mehr.

Allerdings beobachtete ich kürzlich beim Spazierengehen eine junge Frau dabei, wie sie den Baum intensiv betrachtete. Vielleicht hat sie in das Auge gesehen. Ob darin wohl dasselbe zu sehen war wie bei mir? Ich hätte sie fragen können, doch ich hab's sein lassen. Aber da ich meine Geschichte ja nun erzähle und diese veröffentlicht wird, erkennt sie sich möglicherweise wieder, meldet sich, und ich werde es doch noch erfahren, wer weiß?

Alf

Alf sah genau so aus, wie diese Figur aus der gleichnamigen Fernsehserie, braun und beige, mit riesigen Ohren, eine Mischung aus Schäferhund, Dackel und Berner Sennenhund. Er kam als Welpe zu uns, saß am zweiten Tag inmitten meiner Kinder, schmuste mit ihnen und war fortan unser sechstes Familienmitglied. Glücklicherweise schlug der Dackel durch, und Alf wurde nicht so riesig, wie ich es befürchtet hatte.

Ich konnte ihn überallhin mitnehmen. Obwohl wir alle an Alf hingen, so waren er und ich noch ein bisschen enger miteinander. Wie Pech und Schwefel. Alf war sehr klug. Und er war schnell und wendig, trotz seiner Masse. Wir waren oft mit den Kindern und Alf draußen auf langen Spaziergängen. Oder im Wasser - alle vier sind gute Schwimmer – meine Kinder und der Hund. Das heißt, er war ein guter Schwimmer. Denn eines Tages ereignete sich etwas Sonderbares, das ich nun erzählen möchte.

Ich war mit Alf alleine unterwegs auf einer kurzen Runde vor dem Frühstück. Es war im Urlaub an der Nordsee, eine ungewohnte Route, auf der wir eine Straße überqueren mussten, um rüber zum Deich zu kommen und von dort an den Strand. Ich hatte meinen Badeanzug mitgenommen, weil ich eine Runde schwimmen wollte. Es ist total witzig mit Alf, wenn er im Wasser spielt und herumtollt.

Weil Alf sehr gut folgt, hatte ich ihn nicht an der Leine. Schwanzwedelnd rannte er um mich herum und dann, keine Ahnung, was in ihn gefahren war, schoss er plötzlich an mir vorbei über diese Straße. Dann drehte er um und wollte zu mir zurück.

In diesem Moment kam ein Auto. Ich schrie meinem Hund zu, er solle stehen bleiben, aber ich spürte, er würde das nicht tun. Im Bruchteil einer Sekunde raste mir das Bild meines toten Hundes durch den Kopf, das ich sehen würde, wenn ich nicht sofort losrannte, um ihn aufzuhalten. Ich musste eine Entscheidung treffen. Doch Alf nahm sie mir ab. Ich werde nie vergessen, wie er auf mich zu jagte, unfassbar schnell.

Bremsen quietschen. Der Wagen kommt zum Stillstand. Alf wird an den Fahrbahnrand geschleudert. Die Stoßstange hat ihn voll erwischt. In diesem Moment weiß ich, dass er tot ist. Mein Herz bricht.

Als ich auf der Straße sitzend meinen Hund halte, während der Autofahrer irgendetwas sagt, an das ich mich nicht mehr erinnere, während ich

meinen Mann anrufe und während weitere Autofahrer vorbeikommen, anhalten, fragen, weiterfahren, während all dem wird mir klar, dass mir
Alf das Leben gerettet hatte. Ich hätte alles versucht, um ihn aufzuhalten, aber er war schneller
gewesen.

Wir brachen den Urlaub ab und beerdigten Alf in
unserem Garten. Zwei Tage und Nächte konnte
ich weder essen noch schlafen. Ich lag auf der
Couch und starrte vor mich hin, nicht ansprech-
bar, nicht anwesend. Immer wieder lief dieser
Film vor meinem inneren Auge ab. Wie in einer
Endlosschleife.

Am dritten Tag stand der Freund meines Jüngs-
ten vor der Tür und sagte, er wollte mir schon
lange etwas zeigen, habe es aber immer vergessen. Er hielt mir sein Handy vor die Nase, auf
dem Alf zu sehen war, wie er mir das Gesicht
ableckte. Er leckte mir die Tränen ab! Das war
für mich eine klare Botschaft. Trauere nicht länger, sonst habe ich mein Leben umsonst für dich
gegeben, sagte mir mein Hund durch diesen
Film, den der Junge ein paar Monate zuvor auf-
genommen hatte. Ich weiß, es klingt kitschig,
aber in diesem Moment war das ein Trost für
mich. Und jetzt konnte ich auch endlich den
Trost meiner Kinder annehmen, die einstimmig

der Meinung waren, am nächsten Tag ins Tierheim fahren zu müssen, um einen neuen Hund
zu holen.

So kam Bob zu uns, als sechs Monate alter Welpe. Und als ich sah, wie er inmitten meiner Kinder saß und sie der Reihe nach beschmuste, da
wusste ich, dass diese Entscheidung die richtige
gewesen war. Bob ist braun und weiß, eine Pro-
menadenmischung mit glattem, kurzen Fell, etwas kleiner als Alf, aber genauso quirlig. Und ich
spüre, es wird bald wieder eine Verbindung sein
wie Pech und Schwefel.

Die weiße Frau

Mein Opa war gelernter Werkzeugmacher. Während des Ersten Weltkriegs war er in Russland. Er
brachte mit einem Kameraden Nachschub an die
Front. Es war eine dunkle Neumondnacht, die
Straßen in einem katastrophalen Zustand und der
Feind nicht mehr weit. Aber sie waren so er-
schöpft, dass sein Beifahrer in dem Zwölftonner
trotzdem eingeschlafen war und meinem Opa,
zumindest erzählte er das, fielen auch beinahe die
Augen zu.

Plötzlich sah er vor sich auf der Straße eine helle Gestalt. Er machte eine Vollbremsung und stieg aus. Als er zu der Stelle kam, tat sich ein Abgrund vor ihm auf. Es war ein Graben, der vermutlich durch ein Geschoss entstanden war. Er wäre mit voller Wucht hineingefahren. Ich glaube nicht, dass er das unverletzt überstanden hätte, mit einem voll beladenen Lkw, ganz zu schweigen von dem Supergau, wenn die russischen Soldaten ihn entdeckt hätten. Die helle Gestalt jedoch war nirgendwo zu sehen.

Mein Opa erzählte diese Geschichte bis zu seinem Tod immer wieder. Er nannte die Erscheinung „weiße Frau". Auch nach Jahren erzählte er die Geschichte stets mit denselben Worten, fabulierte nichts hinzu und ließ nichts weg. Er hatte sich natürlich das Datum gemerkt und feierte an diesem regelmäßig seinen ‚zweiten Geburtstag'.

Obwohl ihm die weiße Frau nie wieder erschienen war, fühlte er zeitlebens Dankbarkeit, die er auch an uns, seine Familie, weitergegeben hatte. Er sagte oft, dass wir geborgen seien in der Schöpfung und dass alles mit allem zusammenhänge, was auch immer er damit gemeint hatte.

Das Gewitterfenster

„Wenn es blitzt und donnert, darf man keine Fenster öffnen." Heute noch hallt es mir in den Ohren. Ich werde nie jenen Nachmittag vergessen, von dem ich jetzt erzählen will.

Wir wohnten damals in Korntal, meine Eltern, mein älterer Bruder und ich, in einem Haus mit drei Stockwerken. Im obersten war unser Zimmer, eins für beide.

Stürme und Gewitter mochte ich immer schon. Ich ging dann hoch in unser Zimmer, öffnete das Fenster und stellte mich auf die Zehenspitzen, damit der Wind in meine Haare fahren konnte und ich den Blitzen, die über den Himmel zuckten, ganz nahe sein konnte und dem Donner, der grollte und tobte, als wolle er sagen: Wie klein ihr doch seid, ihr Menschen, und wie groß der, der euch schuf! Gewitter sind Ehrfurcht einflößend und großartig zugleich. Ich liebe sie bis heute.

An jenem Nachmittag im Mai stand ich wieder einmal am Fenster und beobachtete, wie sich eine schwarze Mauer am Himmel direkt auf unser Haus zubewegte. Sie reichte nicht bis zum Boden; direkt darunter strahlte helles Licht, durch das der Regen peitschte. Ein Blitz fuhr aus der schwarzen

Wolke, gleich darauf krachte ein Donner durch die Luft.

Dann fühlte ich ein Krabbeln auf der Haut, das sich über meinen Körper ausbreitete. Da krachte es im Stockwerk direkt unter mir. Ich umfasste die Fenstersimse, so dass ich hinunter auf den Balkon sehen konnte, der auf der Höhe des Wohnzimmers angebaut war. Dort raste ein heller Ball über das metallene Geländer und fuhr an der Dachrinne entlang nach unten, wo er in den Boden einschlug.

Dann wurde es im Zimmer hell. Ich war wie paralysiert, atmete kaum. Etwas zischte und züngelte hinter mir, ein weiterer Feuerball?

Ein weiterer Donnerschlag. Dann Schwärze. Und Stille. Vollkommene Stille von einem Augenblick zum anderen, und Schwärze, so, als wäre nichts geschehen. Kein Licht mehr im Zimmer, kein Geräusch mehr des Regens, kein Donner, kein Blitz. Endlich fand ich die Kraft, mich umzudrehen.

Die Tür öffnete sich. Mein Bruder, atemlos.

„Komm!", rief er, „wir lassen Schiffchen fahren."

Das machten wir oft, wenn es stark geregnet hatte. Der Kanal konnte dann die Wassermassen nicht aufnehmen und das Wasser schoss die Straße hinunter.

Dann war er auch schon wieder weg.

Ich sah mich um. Unser Zimmer. Alles unversehrt. Ich schloss das Fenster, wobei ich mit dem Fuß gegen etwas stieß, das über den Boden rollte. Ich hob es auf. Es war eine Art Stein, so groß wie meine Kinderfaust, schwarz, großporig, ganz leicht. Er war warm und er strömte einen merkwürdigen Geruch aus, den ich nicht kannte, und den ich bis heute auch nirgendwo mehr gerochen hatte.

Von unten hörte ich die Stimmen meines Bruders und meiner Mutter. Ich schob den Stein unter mein Kopfkissen und ging hinunter.

Den Stein hütete ich viele Jahre lang. Erst kürzlich habe ich erfahren, was es mit ihm auf sich hat. Im Stuttgarter Planetarium kam ich mit einem Wissenschaftler ins Gespräch. Ich traf mich kurz darauf mit ihm, um ihm den Stein zu zeigen, wobei sich herausstellte, dass es ein Meteorit war.

Ich habe dem Forscher erzählt, dass ich ihn gefunden hätte und dass ich auf einer Reise in die Sahara gewesen sei. Beides war ja nicht gelogen – es stand nur nicht im direkten Zusammenhang. Die wahre Geschichte erzähle ich heute zum ersten Mal, obwohl ich bezweifle, dass mir jemand glauben wird.

Essbares Gras

Vor einiger Zeit ist mir während eines Spaziergangs am Waldrand eine Stelle aufgefallen, auf der dunkelgrünes Gras wuchs. Die Halme waren dicker als gewöhnliches Gras. Weil die Farbe so eigenartig war, beinahe bläulich, zupfte ich einen Halm ab und zerrieb ihn zwischen den Fingern. Eine grün-wässrige Substanz, beinahe wie bei einer Agave, verströmte einen so auffällig blumigen Duft, dass ich mit der Zunge kostete. Es schmeckte frisch, fast fruchtig.

Wie mochte ein solches Gras hierhergekommen sein? Ringsum gab es Wiesen und Waldboden, aber nirgendwo so eigenartiges Gras. Zudem war an dieser Stelle der Boden eher mager. Außer diesen Halmen wuchs hier nicht einmal Löwenzahn, obwohl dieser auf der Wiese nebenan zuhauf stand.

Ich nahm eine Handvoll der grünen Halme mit, um sie von einem privaten Labor untersuchen zu lassen. Und siehe da! Sie enthielten neben einer Reihe von Mineralien und Vitaminen auch Antioxidantien und wurden überdies als sehr bekömmlich eingestuft.

Als ich mich daraufhin mit einer kleinen Schaufel erneut zu der Stelle aufmachte, wo ich das Gras gefunden hatte, war dieses bereits zwanzig Zentimeter hoch gewachsen. Dazwischen hatten sich bunte Blumenknospen gebildet, von denen einige am Aufbrechen waren. Ich grub ein paar Graspflanzen und Blumen aus der mittlerweile einen Quadratmeter großen Platte aus und nahm sie in unseren Hinterhofgarten mit.

Dort standen die Pflanzen an einem sonnigen Ort und trieben und sprossen so enorm, dass ich das Gras bereits nach einer Woche abschneiden und tatsächlich als Salat verzehren konnte. Von den Blumen legte ich die Blüten in Olivenöl ein und das Kraut verwendete ich ebenfalls für Salat. Der Salat schmeckte vorzüglich, das Öl verwende ich seither zur Körperpflege. Neben dem gesundheitlichen Nutzen haben die Pflanzen einen weiteren angenehmen Effekt: Das Öl ersetzt ein Deodorant.

Zudem beobachtete ich, dass die abgeschnittenen Blüten nicht verwelkten. Ich konnte sie ohne Wasser mehrere Wochen lang in eine Vase stellen, ohne, dass sich auch nur die kleinste trockene Stelle bildete. Erst mit abnehmendem Licht, als es in die Wintermonate ging, gingen die Pflanzen zugrunde. Es war aber nicht so, dass sie verwelkten, nein, sie lösten sich rückstandsfrei auf. Ende Dezember war die Vase vollkommen leer.

Die abgeschnittenen Pflanzen in meinem Garten gingen ebenfalls ein. Direkt daneben wuchsen aber neue, oder an einer weiter entfernten Stelle, wohin der Wind die Samen getragen hatte. So wuchsen sie, ich erntete, sie vergingen und tauchten an anderer Stelle wieder auf. Einmal unter der Gartenbank, dann neben dem Kompost, schließlich in der Nähe des hinteren Tores. Es war so, als würden sie geradezu durch meinen Garten wandern. Und dort, wo sie einmal gestanden hatten, hinterließen sie einen ganz feinen, nährstoffreichen Boden, obwohl sie selbst noch auf dem kargsten gediehen.

Auch ihr Wachstum war unterschiedlich stark. Wovon es abhing, konnte ich nie herausfinden. Es war aber immer so, dass es mir zu dem, was ich brauchte, gerade reichte. Einmal war ich eine Woche lang beruflich unterwegs. Als ich zurückkam waren sie gerade so gewachsen, dass es für ein Essen reichte. Und am darauffolgenden Wochenende, als ich Gäste hatte, standen sie wieder so üppig, dass ich fünf Personen damit bekochen konnte.

Mit der Zeit probierte ich verschiedene Rezepte aus und fand heraus, dass sich die Blütenblätter wie Fleisch verarbeiten ließen und das Gras wie Spinat. Wenn ich es kochte, veränderte es seine Form, wurde breit und zart; mit entsprechender

Würzung veränderte sich sein Duft. Zucker, Zitrone oder Ähnliches verstärkten sein fruchtigblumiges Aroma, Salz und Pfeffer machten die Pflanzen zu einem herzhaften Essen. Ich brauchte nur noch ein paar Kohlenhydrate, um mich mit allem zu versorgen, was mein Körper benötigte.

Natürlich bin ich immer wieder an jene Stelle am Waldrand gegangen und habe die Pflanzen beobachtet. Auch dort wuchsen immer wieder neue.

Schließlich informierte ich die Forstämter, ein Botanisches Institut und die ESA, weil ich glaube, dass diese Pflanzen eine neuartige Gattung sind, vielleicht sogar vollkommen neue Lebewesen. Und welchen Ursprung könnten Sie haben, als jenen aus dem All? Vielleicht waren sie in einem Jahrtausende alten, großen Meteoriten gesteckt, der sich mittlerweile zersetzt und die Samen freigegeben hatte? Oder exorbitale Existenzen hatten die Pflanzen in unsere Atmosphäre eingebracht und der Wind hatte sie an die Waldränder geweht?

Forstämter und Waldbesitzer sagten zu, etwaige weitere Funde vor räuberischem Zugriff zu schützen und die Orte geheimzuhalten, damit die umfangreichen Untersuchungen in Ruhe vorgenommen und die Pflanzen nicht ausgerottet werden konnten. Es ist – bis auf unseren Hinterhof – nämlich nicht gelungen, die Pflanzen an einem anderen Ort wachsen zu lassen als an den jeweiligen Findeorten. Offenbar war meine Einschätzung bezüglich des kargen Bodens richtig. Denn auch bei den anderen Fundstellen wuchsen die Blumen und das Gras immer auf kargen oder sauren Böden. Warum es gerade bei mir am Haus funktionierte, ist bis heute ein Rätsel. Denn das Züchten gelang sonst nirgends. Niemand konnte in ihre natürliche Vermehrung eingreifen. Und als ein Forscherteam in meinem Hinterhof erneut Analysen machen wollte, wurden die Pflanzen diesmal noch am selben Tag schimmelig und brüchig. Erst als das Team den Garten verlassen hatte, erholten sich die Pflanzen wieder. Es gelang mir auch nie, mehr zu ernten, als ich für meinen persönlichen Bedarf benötigte.

Ich stellte mich für eine Langzeitstudie zur Verfügung, weil ich mir bis heute sicher bin, dass die Pflanzen meiner Gesundheit zuträglich waren. Bereits nach wenigen Tagen, nachdem ich den Salat gegessen und das Öl aufgetragen hatte, wurde meine Haut zarter und glatter, die Haare sind heute fast so dunkel wie früher, meine Gelenke wieder super beweglich und ich fühle mich um Jahre jünger.

Das Ganze ging ein Jahr. Dann war es vorüber. Nachdem die Pflanzen überall im Garten einmal gewachsen waren, vermehrten sie sich nicht mehr. Sie starben sozusagen aus.

Mehr gibt es in dieser Sache nicht zu erzählen. Ich würde natürlich lieber davon berichten, dass die Pflanzen mittlerweile in großen Mengen angebaut werden, dass ihr Verzehr vielen Menschen ein gesünderes, besseres und längeres Leben bringe und das Leid dadurch wesentlich vermindert worden sei. Aber das wäre nicht die Wahrheit.

Die braune Krawatte

Wenn ich etwas merkwürdig finde, dann sind es braune Krawatten. Dieser Mann trug eine, und ich konnte meinen Blick kaum von diesem hässlichen Ding abwenden. Kein Muster, kein schöner Stoff. Einfach nur braun. Puuh.
Wenn ich es mir recht überlege, weiß ich gar nicht so genau, warum ich dieser Krawatte gegenüber saß. Was wollte ich hier? Bewerbungsgespräch, okay. Aber sah dieser Typ aus, als ob er eine Cellistin brauchte? Wozu? Eine Kostprobe meines Könnens. Na dann...

Er machte eine auffordernde Handbewegung. Ich begann zu spielen, das Air von Bach, weil er sich das gewünscht hatte. Es dauerte nicht lange, bis ich total im Flow war.

Da geschah es. Aus dem Augenwinkel konnte ich beobachten, wie sich etwas um den Hals meines Gegenübers bewegte. Zweifelsfrei eine optische Täuschung; vielleicht hob sich die braune Krawatte nicht genug von dem beige-rot karierten Sakko ab, über das sie sich nun zu schleichen und schlängeln begann. Optische Täuschungen erlebt man ja manchmal, wenn sich ein geometrisches Muster mit einer Schlangenlinie trifft.

Ich spielte weiter. Bach, himmlisch. Dass jemand eine solche Musik erschaffen kann, rührt mich immer wieder aufs Neue. Mein Cello tat sein Übriges dazu mit seinen tiefen, beinahe wummernden Tönen. Und was kümmerte mich überhaupt diese Krawatte? Gerade kroch sie in dem beige-rot karierten Ärmel meines Gegenübers hinauf bis unter die Achsel, kam unter dem Revers hervor und schlängelte sich dann einmal um den Kragen herum.

Der letzte Bogenstrich. Der großartige finale Ton schwebte noch in der Luft, als mein Gegenüber leise zu klatschen begann. Die Krawatte hatte sich wieder an ihren ursprünglichen Platz begeben. Ob er den Knoten wohl selber gemacht hat? Sicher, in Anbetracht seines akkuraten Scheitels.

Ich legte den Bogen aus der Hand.

„Sehr schön", sagte er nur, „Sie können gehen, ich melde mich". Dann stand er auf, gab mir die Hand und verließ den Raum durch eine Tür hinter mir. Ich legte mein Instrument in den Koffer. Als ich hinausging blickte ich noch einmal zurück zu dem Stuhl, auf dem er gesessen hatte. Dort lag ein durchsichtig-braunes vertrocknetes Etwas. Ich berührte es. Es war ein Stück Schlangenhaut, vertrocknet, steif und schuppig.

Vor dem Haus stand eine Garage. Durch deren Fenster sah ich einen Van mit der Aufschrift „Lucky Reptile", daneben standen zwei Terrarien aus Glas, ein Poster mit derselben Aufschrift hing an der Wand. Es zeigte eine braune Schlange, die von einem Baum herunterhing. „Ka" fiel mir ein, aus dem Dschungelbuch, die Mowgli hypnotisiert hatte. Und natürlich die braune Krawatte. Hypnose. Das Cello.

Ich fuhr nach Hause. Der Mann rief nicht an. Kein Problem. Das ist so in meiner Branche, du hast den Job oder eben nicht. Ich vergaß das

Ganze. Bis ich eine Woche später folgende Meldung in der Zeitung las:

„Schlangenzüchter tot aufgefunden. Beim Versuch, seine Schlangen mit Musik zur Paarung zu bewegen, ist ein Mann von einem männlichen Tier gebissen worden. Den Aufzeichnungen des Züchters zufolge kamen verschiedene Instrumente zum Einsatz, darunter eine Gitarre, ein Kontrabass und zuletzt ein Cello, auf dessen Vibrationen das Tier wohl besonders reagierte – allerdings nicht mit Paarungsversuchen, sondern mit enormem Wachstum, das mehrere Häutungen innerhalb weniger Tage und ein besonders aggressives Verhalten zur Folge hatte."

Die Warnung

Dort, wo die Gittersteine sind, hinter der Schule, habe ich ihn gesehen. Es war bereits dunkel, als ich da vorbei ging, weil ich unterwegs von einem Bekannten aufgehalten worden war.

Auf dem Heimweg sah ich ihn dann. Einen Mann mit einem dunklen, gewachsten Mantel und einem Hut mit breiter Krempe. Sein Gesicht war nach unten gerichtet, er war hager und groß. Als er an mir vorüberging, sah ich die Haut seiner Wangen, seiner Nase, diese blasse Haut, gelblich fahl und das Gesicht ganz schmal und ledrig. Ich

34

meinte, in diesem Moment einen kalten Luftzug gespürt zu haben, aber ich kann mich auch täuschen. Denn der Abend war mild und windstill.

Ich blieb stehen und sah mich um, weil ich sicher sein wollte, dass er auch wirklich weiterging und nicht stehen blieb. Doch er war ebenfalls stehen geblieben. Ich wollte weitergehen, aber ich konnte nicht. Etwas hielt mich ab, vielleicht Neugier oder seine sonderbare Ausstrahlung? Lieber beobachten, was er macht, anstatt ihm jetzt auch noch den Rücken zudrehen, dachte ich.

Da kam er auf mich zu und forschte in meinem Gesicht, weshalb ich seines jetzt auch deutlich sehen konnte. Das machte mich noch mehr Gruseln, weil es aussah wie die Gesichter der Dementoren bei Harry Potter. Klingt jetzt blöd, ich weiß. Aber in dem fahlen Licht der Funzeln, und dann noch der Hut, ich konnte ja kaum etwas erkennen.

Deshalb war ich auch überrascht, als er mit einer freundlichen Stimme zu sprechen begann: „Keine Angst, ich beiße nicht."

„Wieso?", fragte ich.

In diesem Augenblick breitete sich in mir eine angenehme Ruhe aus. Auf einmal fand ich sein Gesicht auch nicht mehr gruselig.

Er zögerte eine Weile, während er mich freundlich betrachtete. Dann seine Worte, klar, sich in mein Gedächtnis brennend:

„Beenden Sie, was Sie begonnen haben und warten Sie nicht zu lange damit. Gehen Sie Ihren Weg unbeirrt, egal, was andere von Ihnen denken. Seien Sie diplomatisch, aber nicht opferbereit. Und hüten Sie sich in nächster Zeit vor den Gassen. Am besten, Sie gehen gar nicht alleine in der Nacht.“

Was redete er da? Wer war er? Was wusste er von mir? Ich war tatsächlich in einem Projekt, das ich zurzeit auf die lange Bank schob. Und ja, klar, „nachts“ und „alleine“ sind nicht gerade die ideale Kombination für eine junge Frau. Aber was ging ihn das an?

Er nickte höflich und setzte seinen Weg fort. Wieder spürte ich einen kalten Luftzug, diesmal deutlich. Sein Mantel flatterte. Ich zog meine Ärmel über die Hände und ging weiter.

Ein paar Tage später kam ich an derselben Stelle vorbei. Mir fiel die Begegnung wieder ein und ich hatte ein sehr, sehr übles Gefühl. Wenn ich das jetzt so erzähle, kommt alles wieder hoch. Ich glaube, dieses Gefühl werde ich nie vergessen, als ich wusste, dass ich nicht weitergehen durfte. Nicht diesen Weg, hinter der Schule vorbei, zwi-

36

schen den Häusern durch, die Staffeln rauf, durch die Gassen. Gassen, ja, das waren seine Worte gewesen. Am besten gar nicht bei Nacht in nächster Zeit. Ich drehte mich um und sah einen Schatten auf der Wiese des Schulparks, der sich schwer und langsam bewegte. Genau auf mich zu.

Ich griff in meine Handtasche. Dort habe ich immer einen Kubotan, den mir mein Bruder geschenkt hatte, weil ich viel alleine unterwegs bin. Bis zu diesem Tag hatte ich ihn nicht gebraucht. Mein Atem ging schnell, ich war total aufgeregt, und zu allem entschlossen. Ich hatte Angst, hielt den Schlagdorn fest in der rechten Faust, die Handtasche in der anderen Hand, damit sie mich beim Rennen nicht stören würde. Ich hörte bereits die Atemgeräusche des Schattens, der sich jetzt mehr und mehr vom Hintergrund abhob. Es war ein Mann mit Hut und Mantel. Mehr konnte ich nicht erkennen. In der Erwartung eines Angriffs beobachtete ich jede seiner Bewegungen, sein Zögern, seine Schritte, die langsamer wurden. Da blieb er stehen und sah mich an.

Was ich dann tat, kann ich heute noch nicht glauben, weil ich eigentlich nicht mutig bin.

Aber ich sagte tatsächlich: „Wenn Sie noch einen Schritt weiter auf mich zukommen, haue ich Ihnen eine rein, das sage ich Ihnen. Wagen Sie es nicht."

Ich hörte meine eigene Stimme, aggressiv und schneidend, kalt und ganz klar, die Faust mit dem Kubotan in Schlagposition.

In diesem Moment hörte ich Stimmen vom Park her, einen Pfiff, die kratzenden Tritte eines Hundes auf den geteerten Wegen.

„Oooooh!", höhnte der Mann und brabbelte etwas, das ich erst gar nicht verstand, das heißt, nicht verstehen wollte. Denn im Nachhinein reimte ich es mir zusammen. Es war etwas sehr Unschönes, Frauen Verachtendes. Ich gebe das hier nicht wieder. Dann drehte er mir seine Schulter zu und setzte seinen Weg in diesem komischen schwerfälligen Gang fort.

Mir lief es eiskalt den Rücken hinunter, als ich ihn beobachtete, während auch ich ziemlich hastig weiterging, stolpernd, weil ich ja rückwärtsgehen musste, um ihn auch sicher nicht aus den Augen zu verlieren. Es waren endlose Sekunden, glücklicherweise begleitet von Schritten, die den Hundetritten folgten. Ein Mann kam näher, seinen Vierbeiner an der Leine. Ich atmete auf. Der Andere fort, ich war jetzt näher am Licht, bei den größeren Parklaternen, die Gefahr vorüber. Gott sei Dank.

Ich lief zurück, vor zur Hauptstraße, und ging den ganzen langen, dafür aber gut ausgeleuchteten Weg außen herum, immer an der Ortsausfallstraße entlang, wo Autos fuhren und Busse, bis ich endlich, atemlos und mit klopfendem Herzen, zu Hause ankam.

Als ich am nächsten Morgen das Radio einschaltete und die Nachrichten hörte, blieb mir beinahe das Herz stehen. In der Nacht hatte jemand in unserem Viertel zwei Katzen getötet. Passanten hatten die armen, übel zugerichteten Tiere in einem Vorgarten liegen sehen, wo sie offenbar nach vollendeter Tat hineingeworfen worden waren. Die Polizei untersuchte die Sache mehrere Tage lang intensiv und suchte Zeugen, die sich an jenem Abend in diesem Gebiet aufgehalten hatten. Ich meldete mich und erzählte auf dem Revier meine Geschichte. Die Vorgartenbesitzer wurden natürlich auch befragt, sämtliche Anlieger, aber da hatte keiner etwas gesehen. Katzenbesitzer wurden allerdings keine gefunden, die Tiere hatten weder ein Halsband noch waren sie gechippt. Wildfänge vermutlich. Straßenkatzen.

Eine Zeitlang war Schweigen. Keine Ermittlungsergebnisse. Und dann aber, durch Zufall, fand man bei einem der Anlieger, einem unauffälligen Menschen, bei dem fand man Blutspuren in der Garagenauffahrt. Ein Polizist, der nach Dienst einen Bekannten besuchte und sein Auto dort an der Straße geparkt hatte, entdeckte sie zufällig. Und weil er in der Katzensache ermittelt hatte, wusste er, dass diese Auffahrt in der Nähe der Auffindestelle der Kadaver lag. Kurz und gut, er nahm mit einem Taschentuch ein paar Tropfen auf, schob sie ein und klingelte, um die Herkunft des Blutes in der Auffahrt zu klären.

Dann muss wohl alles ganz schnell gegangen sein, der Mann voll hektisch, muss sich in simple Lügen verstrickt haben, er hätte sich geschnitten, und dann seine Frau, ja wo denn und so weiter und so weiter. Schließlich kam heraus, dass er acht Katzen und zwei Hunde innerhalb eines halben Jahres alle auf dieselbe üble Tour zugerichtet hatte. Ein paar hatte er in den Bach geworfen, der zu dieser Zeit ziemlich viel Wasser geführt hatte, weshalb die Kadaver in Richtung Kläranlage weitergespült worden waren. Einige hatte er wohl auch in Mülleimern entsorgt. Das Letzte war auch eine Katze. Die lag im Topcase seines Motorrollers in der Garage.

Aber das für mich Gruseligste kommt noch. Der Tiermörder entpuppte sich nämlich tatsächlich als jener Mann, der mir in jener Nacht über den Weg gelaufen war. Er entpuppte sich als psychisch gestört, von der Frau unterdrückt, unzufrieden bei der Arbeit, unsicher gegenüber Menschen. Mir hätte er nie etwas getan, das sagte jedenfalls der Polizeipsychologe, zu dem ich gehen musste und der bei der Gegenüberstellung anwesend war. Glücklicherweise konnte mich der Typ nicht sehen. Er stand hinter einer verglasten Scheibe. Es war echt heftig.

Den hageren Mann, der mich gewarnt hatte, damals, an eben jener Stelle hinter der Schule, habe ich übrigens nie wieder gesehen. Überhaupt, finde ich, hatte er einige Ähnlichkeit mit dem Tiermörder gehabt, nur, dass er größer und schmaler war. Der Hut – wo trägt man das heute noch... Manchmal denke ich mir, dass er vielleicht gar nicht real war, sondern, dass er nur in meinem Kopf stattgefunden hatte, als Vision sozusagen, oder als Vorsehung, ein dunkler Schatten mit Hut, ein Traum, der mich warnen sollte.

Das Ende des Regenbogens

Wenn man alten Erzählungen Glauben schenkt, dann erwartet den Entdecker dort ein Schatz, wo ein Regenbogen endet. Ein goldener Topf oder ein Topf voller Gold, wie auch immer. Und nicht nur das: Ahnungen von zukünftigen Ereignissen stellen sich ein, Gesichte über Forschungen zum Beispiel, die in den Wissenschaften heute noch gar nicht denkbar sind oder Visionen über das Leben von Freunden und Angehörigen.

Seitdem ich diese Erzählungen zum ersten Mal gehört habe, versuche ich immer, wenn ich einen Regenbogen sehe, herauszufinden wo er endet. Wer diesen Versuch schon einmal unternommen hat, weiß, dass es sehr schwierig ist, weil sich Regenbögen bekanntlich meistens weit entfernt vom Auge des Betrachters befinden.

Aber einmal stand direkt hinter unserem Haus ein Regenbogen. Er endete auf der Wiese vor dem Wald; ich konnte sein Ende deutlich sehen, etwa hundertfünfzig Meter entfernt von mir.

Es war im Sommer nach einem Gewitterregen. Die dunstige Wärme schlug mir entgegen, als ich die Wiese hoch Richtung Wald marschierte, um das Ende des Regenbogens genauer in Augenschein zu nehmen. Natürlich war mir klar, dass mit jedem Schritt die Umrisse undeutlicher, das farbige Licht durchsichtiger werden würden und es mir nicht wirklich gelänge, die Stelle auszumachen, wo die schillernden Farbbahnen die Erde berührten. Trotzdem ging ich weiter. Ich fühlte mich wie ein Kind, das mitten in einem Abenteuer steckte.

Als ich zu der Stelle kam, stand ich – natürlich – in milchigem Sonnenlicht. Vorbei war der Farbenrausch. Ich setzte mich am Rand der Wiese auf einen Stein, blinzelte in die Sonne hinein und amüsierte mich über meinen Grenzgang zwischen Magie, kindlicher Neugier und Vernunft.

Als ich so vor mich hin starrte, sah ich ihm Gras etwas glänzen. Es war ein blecherner, größenverstellbarer Ring mit einem violetten Schmuckstein aus Kunststoff, wie man ihn auch heute noch an den Kaugummiautomaten für fünfzig Cent ziehen kann. Die Nachbarkinder spielten hier oben öfter, bauten Lager im Wald und setzten Mäuse aus, die sie auf dem Dachboden mit Lebendfallen gefangen hatten. Ich vermute, dass eines von ihnen den Ring verloren hatte. Also fragte ich bei nächster Gelegenheit nach. Doch niemand vermisste das edle Stück. Also behielt ich den Ring. Offensichtlich war er doch für mich gedacht gewesen, für die Entdeckerin der Stelle, an der ein Regenbogen auf die Erde trifft!

Er wird mich immer daran erinnern, dass man sich auch über die scheinbar kleinen Dinge unglaublich freuen kann.

Der Schuhkarton

Als Teenager saß ich einmal im Wartezimmer eines Arztes und langweilte mich. Deshalb griff ich mir einen der Reader's-Digest-Bände, die in den 80ern jeder kannte. Ich las mich in einer Geschichte fest, an deren Plot ich mich nicht mehr erinnere. Aber ich weiß noch, dass die Protagonistin einen sorgsam verschlossenen Schuhkarton aus ihrer Kindheit, die wunderbar gewesen sein musste, in ihr jetziges Leben mitgebracht hatte, und dass sie diesen Karton im Begriff war, zum ersten Mal seit damals zu öffnen. Welches Geheimnis würde dieser Akt wohl lüften? War es Schmuck, Erbstücke von Mutter oder Großmutter, oder andere Erinnerungen, Postkarten, vielleicht sogar Liebesbriefe? Vielleicht war es ein zartes seidenes Schälchen, das sie umhatte, als ihre Jugendliebe sie zum ersten Mal küsste? Womöglich handelte es sich aber auch – ganz verrucht - um Geldscheine aus dem Überfall auf eine Sparkassenfiliale, die jetzt, nach Jahren, aus ihrem Versteck aufgetaucht waren? Ich blätterte um. Die Auflösung stand kurz bevor.

In diesem Moment wurde ich aufgerufen. Ich erschrak, als ich meinen Namen hörte, stand auf und folgte der Sprechstundenhilfe, nebenbei das zugeklappte Heft zurücklegend. Von der Unter-

44

suchung weiß ich nichts mehr und auch nicht, warum ich später nicht ins Wartezimmer zurückgekehrt bin, um den Schluss zu lesen. Ich ging einfach. Und mit mir die Neugier. Sie saß auf meiner Schulter und war erst ganz leise. Aber irgendwann wurde sie lauter und dann hörte ich, wie sie sagte, dass ich mich wenigstens an den Titel des Heftes erinnern könnte, oder so ähnlich. Sie nervte dann noch bis zum nächsten Morgen, aber weil der Alltag anderes für mich parat hatte, schwieg die Neugier bald beleidigt und ich vergaß das Heft.

Bis ich einige Jahre später bei einem anderen Arzt im Wartezimmer saß und – tatsächlich – mir ein Heft eben jener Reader's Digest-Ausgabe in die Hände fiel. Ich war überrascht. Und dann war alles auf einen Schlag wieder da. Das Geheimnis, die Neugier, die Spannung, dieser wundervolle Schuhkarton mit seinem großartigen Inhalt, den ich an diesem Tag nun endlich kennen lernen durfte. Ich freute mich wie ein kleines Kind und blätterte, überflog die ersten Absätze und dann kam endlich der Augenblick an dem ich erfuhr, dass der Karton... Luft enthielt. Es war die Luft, die die Protagonistin in Kindertagen eingeatmet hatte. Als sie ihre Heimat verlassen musste, hatte sie die Atmosphäre in den Schuhkarton gepackt und diesen sorgfältig mit einer schönen Schleife verschlossen.

Damals war ich enttäuscht. Ein so langweiliges Geheimnis hätte ich nicht erwartet. Erst heute als reifer Mensch begreife ich die Magie des Moments, in dem die Protagonistin ihren Schuhkarton öffnet und den Duft ihrer Kindheit in ihrer Erinnerung zurückholt.

Diese Geschichte begleitet mich nun schon mein ganzes Leben. Mittlerweile ist aus ihr eine neue Geschichte entstanden, nämlich diese hier.

Spurenlesen

Wir wohnten eine Zeit lang im Naturpark Schwäbisch-Fränkischer Wald, ein Dornröschenland, wenn Sie mich fragen, lieblich, freundlich. Im Gegensatz zum Schwarzwald, den ich immer Rübenzahlland nenne, so rau und ruppig. Unser Haus lag nicht weit vom Waldrand entfernt und mein Sohn traf sich oft mit anderen Kindern, um dort Lager aus Ästen und Laub zu bauen, nach Wild zu forschen, Kröten oder Heuschrecken zu fangen.

Eines Abends war er stiller als sonst; beinahe feierlich war seine Ausstrahlung, so dass ich ihn fragte, ob etwas Besonderes geschehen sei. Zuerst verneinte er. Doch später, als wir nach dem Abendessen noch gemeinsam in der Küche saßen, erzählte er mit leiser Stimme, was sich an jenem Tag zugetragen hatte:

Es war an einem heißen Tag im Mai. Sie waren nur zu zweit gewesen, sein Freund und er. Als Mitglied in einem Pfadfinderverein versuchten sie sich im Spurenlesen. Tatsächlich war es ihnen gelungen, einer Fuchsspur zu folgen, die direkt in einen Bau mündete. Volltreffer! Sie versteckten sich hinter einem abgestorbenen umgestürzten Baumstumpf und beobachteten den Bau. Dabei achteten sie sorgfältig darauf, leise und weit genug weg zu sein, so dass der Fuchs nicht ihre Witterung aufnehmen können würde. Mit geschlossenen Augen lauschten sie den Geräuschen des Waldes, des Windes, beobachteten Insekten und betasteten das Moos, das sich an der Rinde festgesetzt hatte. Als sich nach Stunden jedoch noch immer nichts im Fuchsbau getan hatte, verständigten sie sich darauf, den Beobachtungsposten zu verlassen. Es dämmerte bereits, vielleicht wohnte dort gar kein Fuchs und sie hatten sich geirrt.

Plötzlich hörten sie leise, kratzende Geräusche, hohes Fiepen. Und dann sahen sie sie: Eine Fähe mit ihren sechs Jungen im Schlepptau. Tollpatschig und verspielt trotteten sie hinter der Mutter her. Deren Gesäuge war geschwollen; man konnte die Zitzen deutlich sehen. Wahrscheinlich war das einer der ersten Frischluftgänge der Kleinen und mein Sohn und sein Freund atmeten ganz flach, um ihre Anwesenheit nicht zu verraten. Wie flauschig die Kleinen seien, erzählte mein Sohn mit einem Lächeln in der Stimme, sie seien über ihre eigenen Pfoten gepurzelt und hätten sich gegenseitig an den Ohren geknabbert.

Die sechs Kleinen begannen, die Gegend zu erkunden, sich zu verteilen, während die Mutter sich Richtung Waldrand orientierte, wo kurze Gräser wuchsen, die die Feldmäuse gerne mochten. Vier der Kleinen wackelten hinter ihr her; aber zwei kamen direkt auf die beiden Jungen zu, die mit großen Augen hinter dem Baumstumpf lagen und sich nicht rührten. Offenbar nahmen die Fuchswelpen ihren Geruch nicht als Gefahr wahr, denn sie kamen immer näher, schnupperten mit erhobenen Näschen, gingen um den Baumstamm herum und standen jetzt direkt vor den Gesichtern der beiden versteinerten Jungen. Die schwarzen, feuchten Näschen, dunkle Knopfaugen, flaumige weiße Brust, flauschige Ohren, das Geräusch ihres Schnupperatems.

Plötzlich hörten sie ein kurzes, lautes „Wau", was die beiden Kleinen aufschreckte und zum Bau laufen ließ. Die Fähe kam mit den vier Welpen gelaufen und drängte ihren Nachwuchs in den Bau hinein. Oben in den Wipfeln einer Fichte ein Schrei. Es war ein großer Greifvogel, den die beiden Jungen erst jetzt wahrnahmen. Hätte er sich eines der Fuchswelpen geschnappt, wenn die Jungen nicht dagewesen wären?

„Ich konnte es erst nicht erzählen", sagte mein Sohn, „weil es so... anders war."
Ich pflichtete ihm bei.
„Einen solchen Schatz teilt man nur ganz sparsam. Sonst geht seine Kraft verloren."
Er nahm mich in den Arm, und ich wusste, dass er den Zauber dieses Naturerlebnisses für immer bei sich behalten würde.
Ein paar Tage darauf schenkte er mir zum Muttertag ein selbst gemaltes Bild: Es war ein Fuchs, der mich mit großen Augen anblickte.

Ohne Titel

Es geht um einen ehemaligen Arbeitskollegen, zu dem ich unregelmäßigen Kontakt pflegte, nachdem er in Rente gegangen war. Er war ein Unikum gewesen, weil er neben seinem immensen Wissen extrem gemütlich, extrem nett und extrem beleibt war.

Jedenfalls hatte ich ihn länger nicht mehr gesehen und rief bei ihm an. Da erzählte mir seine Frau, dass ihm vor einiger Zeit schwindelig geworden sei und dass er über Übelkeit geklagt habe. Es muss dann so schlimm geworden sein, dass er sich ins Auto setzte, um ins Krankenhaus und in die Notaufnahme zu fahren. Dort aber sei er nie angekommen.

Die Fahrt muss etwa zwanzig Minuten gedauert haben. Als er am Krankenhaus ankam, sei er zusammengebrochen, erzählte mir seine Frau. Nach weiteren Minuten sei er tot gewesen. Die Untersuchung seines Gehirns hatte ergeben, dass dieses seit einer Stunde keine Funktion mehr gehabt haben konnte. Ich frage mich bis heute, wie er dann mit dem Auto in das Krankenhaus hatte fahren können. Die Antwort wird wohl für immer ein Rätsel bleiben, es sei denn, man bedenkt die Tatsache, dass er sich aus beruflichen Gründen sehr gut mit der Infrastruktur zu und in den Krankenhäusern auskannte. Vielleicht hatte sein Gehirn den Weg noch in einem kleinen Winkel irgendwo gespeichert, der Körper die jahrzehntelangen Bewegungen wie in Trance vorgenommen, Gang schalten, Ampel beachten, wie auch immer. Es war tragisch, damals, denn er ist nur vierundvierzig Jahre alt geworden, zu jung zum Sterben.

Ich weiß nichts Näheres zu dieser Sache. Erstens konnte ich nicht zur Beerdigung gehen, die war schon vorbei gewesen als ich es erfahren hatte. Und zweitens wollte ich ja auch nicht aufdringlich sein und nachfragen. Aber irgendwie lässt mich das bis heute nicht los. Manche sagen, er habe einen Schutzengel gehabt, der ihn sicher zum Krankenhaus geleitet habe. Das aber waren wohl eher die Schutzengel der anderen Verkehrsteilnehmer, denn für ihn selbst war der Tod in diesem Moment ohnehin unausweichlich gewesen, mit oder ohne Unfall. Hier saß jemand hinter dem Lenkrad, dessen Hirn mindestens in Teilregionen nicht mehr gelebt, dessen Herz jedoch noch geschlagen hatte.

Es ist nicht angemessen, darüber zu spekulieren, was in ihm vorgegangen sein könnte. Ich erzähle es nur deshalb, weil ich glaube, dass wir darauf vertrauen können, dass etwas in uns den Weg kennt, und das meine ich sowohl bildlich als auch ganz im Sinne des Wortes. Manchmal sagt man: „Mensch, ich hab's doch gleich gewusst!" Vielleicht ist es genau das.

Der Opferstock

Meine Geschichte erzählt von einer Legende aus dem Süden Deutschlands. Von ihr gibt es verschiedene Versionen. Diese hier ist eine davon:

Im Mittelalter lebte ein Mönch, ich nenne ihn Bernhard. Ursprünglich war er ein Wandermönch. Aber eines Tages ließ er sich in einem kleinen Örtchen in der Nähe des römischen Grenzwalles Limes in einer verlassenen Mönchsklause nieder, etwas außerhalb, am Fuße eines hügeligen Waldes. Dort pflanzte er Gemüse und Kräuter an, hielt ein Schwein und Ziegen, und von dort aus ging er fünfmal täglich zum Gebet in die kleine Kirche am Marktplatz.

Wenn ihm jemand begegnete, hielt er an, wechselte freundliche Worte; manchmal segnete er die Kinder, bisweilen tauschte er Ziegenkäse gegen Brot oder verkaufte Heilkräutertinkturen auf dem Dorfmarkt. Manchmal besuchten ihn die Leute oder es kam ein Wanderer. Sie fragten ihn um Rat, er betete mit ihnen oder sie hatten einfach ein gutes Gespräch. Einmal legte er einer alten Frau, die sich wegen ihres kaputten Rückens kaum mehr bewegen konnte, mitten auf dem Marktplatz die Hände auf. Angeblich konnte diese anschließend wieder aufrecht gehen und lebte noch viele Jahre lang unbeschwert. Und so kam es, dass man Bernhard, dem Mönch, heilende Hände nachsagte.

Mönche kamen und blieben bei ihm. Die Klause vergrößerte sich, und schließlich fragte Bernhard den Bischof, ob er ein Kloster errichten dürfe. Es sollte sein Lebenswerk werden. Er wurde Abt in diesem Kloster, vertrat die Kirche bei den Reichsversammlungen und diente dem Adel als Beichtvater.

Nach seinem Tod wurde er unter der Klosterkapelle beerdigt. Als Andenken fertigte man eine Steinplatte, die an den Mönch und seine Wunderheilungen erinnerte. Der Papst sprach ihn selig. Die Klosterkirche wurde zur Pilgerstätte. Die Menschen berührten den Stein, beteten, brachten ihre Hoffnungen und Wünsche vor und glaubten an deren Erfüllung. Kurz vor dem Dreißigjährigen Krieg aber wurde die Platte zerschlagen, um daraus einen Opferstock zu errichten, der in die Kirchenmauer einzementiert wurde. Und hier beginnt die eigentliche Geschichte.

Es war nämlich so, dass sich die Legende von den Wunderheilungen über die Jahrhunderte erhalten hat. Noch heute pilgern Menschen zu diesem wundertätigen Opferstock, in den man übrigens den ganzen Arm hineinstrecken muss, um an den Geldschlitz zu gelangen. Er lockte Diebe an, die versuchten, Teile aus dem Opferstock herauszuschlagen, um sie dann als Reliquie zu verkaufen. Einmal fehlte ein großer Brocken, der eine hässliche zerschundene Oberfläche und ein großes Loch hinterließ. Klagen und Aufruhr waren die Folge, weil die Bevölkerung ihren Bernhardschen Opferstock natürlich hochschätzte. Man stellte Wachen auf, die jedoch eine ruhige Nacht ohne Vorkommnisse verbrachten. Doch als sie am nächsten Morgen den Opferstock betrachteten, staunten sie nicht schlecht: Er war unversehrt, die zerstörte Stelle sozusagen geheilt. So ging es einige Zeit. Der Opferstock wurde immer wieder bearbeitet, es wurden Teile herausgeschlagen, einmal fehlte sogar der gesamte Opferstock! Ein Loch klaffte in der Kirchenmauer, jemand musste mit schwerem Gerät angerückt sein. Und auch hier war es so, dass an einem der nächsten Tag alles wieder vollkommen intakt war. Bernhards Stein kehrte stets an den Ort seiner Bestimmung zurück, egal, was geschah.

Und so gibt es diesen Opferstock, wie gesagt, noch heute. Er zieht Pilger aus ganz Europa an. Und wer jetzt neugierig geworden ist, der begebe sich selbst auf die Suche nach diesem geheimnisvollen Ort. -

Der Wanderer

Am unteren Glemstal in Ditzingen führt der Bach an einem wunderschönen Plätzchen vorbei. Immer, wenn ich dort entlanggehe, überkommt mich ein Gefühl von Heimat und Geborgenheit. Deshalb kommt mir das, was ich erlebt habe, äußerst seltsam vor.

Es war so, dass ich an jenem Tag früher als sonst am Bach war, auf einem meiner Spaziergänge, die mir den Kopf lüften und frische Gedanken hineintragen. Niemand war unterwegs, es war noch früher Nachmittag, alle noch bei der Arbeit. Ich stand am Ufer an einer Stelle, an der eine künstlich errichtete Steinmauer das Flussbett einfasst. Ich blickte auf einen knorrigen Baum, dessen Wurzeln sich bis fast hinunter zum Wasser wölbten und die sich im steinigen, steilen Bachufer festklammerten. Ein imposanter Anblick.
Plötzlich vibrierte meine Haut im Nacken. Es war wie eine elektrische Aufladung in der Atmosphä-

re. Dann ergoss sich gleißendes Licht über mich. Ich hob meine Hände vor die Augen und blinzelte zwischen den Fingern hindurch; keine Chance, die Lichtquelle zu entdecken. Es war viel zu hell, so, als würde ich direkt in die Sonne sehen, nur weißer.

Dann Stille. Kein Geräusch mehr, kein Vogel, kein Auto aus der Ferne, kein Blätterrascheln, ja, ich glaube, sogar der Bach hatte seinen Lauf gestoppt. Kein Gluckern, kein Plätschern, kein Geplapper der Stockenten. Doch was war das?

Schritte, ganz deutlich. Sie kamen – von über mir, hinter mir, ja, woher? Ich konnte sie nicht orten. Doch dann stand er vor mir.

„Was machen Sie denn hier?", fragte der Mann mit einem riesigen, dunklen Helm und Gurten um die Schultern.

Vermutlich habe ich ihn angestarrt, als käme er vom Mars. Erst jetzt sah ich seine Trekkingschuhe und den Rucksack auf seinem Rücken. Und was ich als Helm gesehen hatte, war eine Schildkappe mit Nackentuch.

„Wer will das wissen?", fragte ich zurück.

Er lachte. „Ich durchwandere das Glemstal", antwortete er, „ich komme aus Weil der Stadt. Und ich habe mich gewundert, weil Sie hier so gestanden sind mit dem Blick Richtung Himmel, aber die Hände davor und wie erstarrt."

„Haben Sie dieses helle Licht nicht gesehen?"

Er verzog den Mund. Schulterzucken. „Ist, was wir sehen, denn immer das, was wir zu sehen glauben?"

„Die Sonne", setzte ich nach, „ist um diese Jahreszeit halt heftig." Wenn einer eine solche Aussage macht, weiß man ja nie, ob man es nicht mit einem Irren zu tun hat. Ich sah also nach oben und blinzelte in die Sonne, um meine Aussage zu unterstreichen. Es war die Sonne, definitiv. Aber das Licht, das ich gesehen hatte, war trotzdem anders gewesen.

„Wie dem auch sei", sagte der Wanderer. „Ich wünsche Ihnen noch einen guten Tag."

„Ade", sagte ich, „und frohes Wandern."

Als er weg war, atmete ich durch und betrachtete die Stelle, an der der Wanderer gestanden hatte. Dort sah ich auf dem ausgetrockneten Boden eine kleine blaue Blume, die ihre Blütenblätter öffnete, um das zartgelbe Innere freizugeben, und um schließlich ganz langsam zu verwelken. Ich war ganz gebannt von diesem Schauspiel

Als es vorbei war, lief ich den Weg am Bach entlang, den der Wanderer eingeschlagen hatte. Aber da war keine Menschenseele.

War das wirklich ein Wanderer gewesen? Ein Wanderer vielleicht, aber aus Weil der Stadt? Das gleißend helle Licht… Hatte man schon von Ufo-Landungen gehört, schoss es mir durch den Kopf. Oder von Engelssichtungen. Dinge gibt's…

Ein leichter Wind kam auf. Ich blieb stehen und bemerkte, dass die Geräusche wieder da waren. Ich lauschte dem Gesang der Vögel, dem Gluk-kern des Baches, dem Rascheln der Blätter. Dann setzte auch ich meinen Weg fort.

Ich glaube, dass ich an jenem Tag eine besondere Begegnung hatte.

Der Rosenbusch

Ein üppiger Rosenbusch stand am Wegesrand, in einem Garten am Zaun. Seine Blüten waren voll und rund, ihre Farbe von dunklem Pink, auf dem sich bereits die ersten blassbeigen Ränder abzeichneten, Fülle und Schönheit, die ihren Zenit in der Sommerhitze gerade zu überschreiten begann. Ich konnte nicht anders als meine Nase vorsichtig in diese farbige, zarte Wärme einzutauchen, vermutend, hoffend, dass diese Wahrnehmung auch von einem ähnlich betörenden Duft begleitet sein würde.

Doch als meine Nase die flauschigen Blätter berührte und ich die Luft einsog, roch ich nicht mehr als ein schwaches grasiges Etwas und Leere. Konnte die Natur einen so schönen Anblick wirklich mit nichts weiter als einem schwachen Geruch von Nichts versehen? Vielleicht konnte ich den Blüten doch noch ihren Charakter entlocken, dachte ich, als ich erneut meine Nase eintauchte, die Augen schloss und die Luft langsam in meine Lungen strömen ließ.

Und tatsächlich nahm ich jetzt einen hinreißenden Duft wahr, der erst in meiner Nase und dann in meinen Lungen war, der mich schließlich ganz ausfüllte und meine Seele berührte.

Als ich die Augen öffnete, war die Welt verändert. Der Himmel war von vollkommenem Grün. Beinahe metallisch glänzte er und war dunkel und irgendwie feierlich. Auch ein paar kleine Wölkchen konnte ich beobachten; sie waren silbrig, und ich wunderte mich, warum sie so gleichmäßig am Himmel standen, so perfekt geformt. Aber das Merkwürdigste war die Sonne: Die nämlich war verschwunden. Ich konnte sie in keiner Richtung ausmachen, obwohl es taghell war und mich im Sommer die Sonne immer voll in die Augen sticht. Normalerweise.

Als ich mich umsah, sah ich Wiesen mit blauem(!) Gras, die sich bis zum Horizont hinzogen. Das Gras war perfekt, kein einziger Halm umgeknickt, keine Fahrspur von Traktoren, die – auch das war merkwürdig – bereits gemäht hatten, eigentlich. Doch wo war das Heu? Es war nirgends zu sehen. Alles stand in Saft und Kraft. Auch die Häuser waren anders als sonst. Ihre Dächer leuchteten gelb, die Gärten waren gepflegt, kein einziger Stängel, wo er nicht hingehörte, kein Moos auf den Steinen, keine Auffahrten, in denen Autos standen, keine Klingelschilder und keine Briefkästen. Ich schloss die Augen, schüttelte meinen Kopf und machte die Augen wieder auf. Keine Veränderung. Und der Rosenstock? Stand in voller Pracht noch an derselben Stelle, vielleicht noch etwas prächtiger als ich ihn wahrgenommen hatte, denn die Blüten waren jetzt von edlem, cremigen Beige und eigentümlich glatt, die braunen Ränder verschwunden und dieses wunderbare Aroma, das von ihnen ausströmte, erfüllte die Luft.

Bei genauerem Hinsehen fiel mir auf, dass die Blütenoberfläche nicht gleichmäßig war, sondern irgendwie strichförmig und strukturiert, übereinander gelagert, so, als hätte ein Maler sie mit Öl- farbe auf Leinen gesetzt. Ich betrachtete den Himmel, das Gras, die perfekt geformten Bäume, die Silberwölkchen. Und dann wurde mir klar: Ich war in einem Bild gelandet.

Der Klassiker!, ging es mir durch den Kopf. In einem Bild gelandet! Eigentlich hätte ich ängstlich sein sollen oder mich mindestens wundern. Aber ich fühlte nichts dergleichen. Fühlte ich überhaupt etwas?

Ich sah mich um. Der Zaun, an dem der Rosenbusch wuchs, war von einem Tor unterbrochen. Es hatte eine altmodische, schmiedeeiserne Klinke, deren Rillen ganz blank waren. Sachte berührte ich diese perfekte Glätte, und dann bemerkte ich, dass das Tor nur angelehnt war. Spontan betrat ich den Garten.

In diesem Moment hörte ich Schritte und Stimmen von der Straße her. Ich wusste, dass wenn ich mich jetzt umdrehte, die Magie verschwunden sein würde. Es war nicht bewusst in meinen Gedanken, es war mehr ein Gefühl. Ich musste mich entscheiden. Was würde mich in diesem Garten noch erwarten? Gab es noch andere Menschen, die diesen Weg vor mir gegangen waren? Würde er mich verschlingen und käme ich nie wieder aus diesem Bild heraus? Weiter- oder zurückgehen?

Da fiel mir ein, dass ich ja beim nächsten Mal weitergehen könnte. Und so drehte ich mich um und stand mit einem Mal wieder in der Wirklichkeit. Die Rosen waren wieder rot, der Himmel blau, das Gras grün und die Traktorspuren erdig. Ich verließ den Garten, schloss das Tor, grüßte Spaziergänger, die gerade vorbeikamen und ging nach Hause. Dort malte ich das Bild aus meiner Erinnerung. Ich wunderte mich, wie sehr es dem Original ähnelte, ja, ich hatte sogar das Gefühl, dass der Pinselstrich geführt wurde. Aber das ist ja oft so beim kreativen Malen.

Am nächsten Tag bekam ich Besuch von meinem Nachbarn Joe. Er wollte mich zu einem Konzert in der Stadt einladen, als sein Blick an dem Bild hängen blieb.

„Ich kenne dieses Bild", sagte Joe und betrachtete es eingehend.

„Wie?"

„Ja, ich hab das schon irgendwo mal gesehen." Er überlegte. Und da fiel es ihm ein. „Genau! Gestern in den Landesnachrichten. Ein Bild von Franz Marc. Das heißt, eine Zeichnung, zu der es vermutlich auch ein Bild gibt, das nie gefunden wurde."

„Quatsch", antwortete ich, „ich habe es gestern Nachmittag gemalt, nix Franz Marc."

„Mach die Glotze an", sagte er. Joe sagt zum PC immer „Glotze".

Wir recherchierten im Internet, was nicht lange dauerte, weil das Thema an diesem Morgen in allen Kanälen rauf- und runterdiskutiert wurde. Es gab keinen Zweifel: Mein Bild war identisch mit dem von Franz Marc – bis auf die Farben natürlich. Die Zeichnung war schwarz-weiß.

„Krass", sagte ich, und betrachtete noch einmal eingehend mein Gemälde. Obwohl ich es erst am Vortag gemalt hatte, fühlte sich das Leinen merkwürdig brüchig an, die Ränder waren vergilbt und ein Vergleich mit einem Pinselstrich frischer Farbe bestätigte meinen Verdacht: Die Farben waren bereits blasser geworden.

Der Rest ist schnell berichtet. Noch bevor ich mich dazu entschließen konnte, die Sache auf einen offiziellen Weg zu geben, war das Bild fast gänzlich zerfallen. Am nächsten Morgen lagen nur noch Krümel unter dem morschen Rahmen, der aussah, als hätte er jahrelang in einem feuchten Keller gelegen oder... ja, in einem Garten...

Der Garten!

Ich suchte den Rosenbusch auf, um an seinen Blüten zu riechen und erneut in den Garten einzutreten. Doch so sorgfältig ich auch zwischen den Blättern suchte, es gab keine einzige Blüte mehr. Bis auf den grünen Stock erinnerte nichts mehr an die Ereignisse. Es gab auch kein Tor mehr, nur noch den Zaun. Der Himmel blieb blau, das Gras grün, und in den Folgejahren blühte der Rosenbusch zwar erneut, hatte aber kein dunkles Pink mehr. Noch oft tauchte ich meine Nase in seine üppigen Blüten, doch ihre Magie offenbarte sich mir nicht mehr. Fortan waren die Blätter rosa und dufteten schwach nach Süße und Wehmut.

Die Schatten der Zeit

An jenem Spätsommerabend ging ich spazieren, wie oft in dieser Zeit als die Zwillinge noch klein waren. Es war ihre Schlafenszeit, und am besten schliefen sie, wenn ich sie eine halbe Stunde mit dem Kinderwagen durch die frische Luft schaukelte. Ich ging den Feldweg am Dorfrand entlang, wo die Sonne orangerot und groß über dem Wald stand. Es war unwirklich schön an diesem Abend, wieder einmal, dieses warme Strahlen und Leuchten, so nah und farbig vor grün gefärbtem Himmel, hoch oben in ein dunkles Blau hineinfließend.

Ich blieb stehen, schloss die Augen und genoss die Wärme auf meiner Haut. Dann stellte ich mir vor, wie ich in dieses Licht eintauchte, von den Strahlen angezogen und in den leuchtenden Ball hineingesaugt wurde und für immer mit der Sonne, den Sternen, diesem Universum mit seinen unendlichen Weiten verschmolz.

Wie immer in solchen Momenten fragte ich mich, woher wir Menschen kommen und wohin wir gehen, wenn wir unseren Körper zurücklassen. Ich finde, dass die Träume einem eine Ahnung davon geben. Aber ob ich da richtig liege?

Eines der Babys räkelte sich unter seiner Decke und schmatzte. Ich öffnete die Augen, um nach ihnen zu sehen, aber die beiden schliefen bereits fest. Die Sonne sank tiefer, so dass einige hohe Tannen am Waldrand lange Schatten auf uns drei warfen. Das Orange der Sonne war jetzt dunkel genug, um hineinblicken zu können. Sterne brennen, Planeten nicht.

Die Sonne ist ein Stern, dachte ich, als sich einer der Schatten zu bewegen begann. Es ist mir deshalb aufgefallen, weil er sich nicht in meine Richtung über den Feldweg ausdehnte, sondern senkrecht nach oben. Es war, als entfalte sich eine riesige Kinoleinwand vor meinen Augen, was mich vollkommen in den Bann zog. Heute noch wundert es mich, dass ich keine Angst hatte oder wenigstens ein merkwürdiges Gefühl, schon der Kinder wegen. Es hätte ja auch ein Tornado sein können – hatte ich noch nie gesehen, wusste ich, wie so etwas aussah? – oder ein Insektenschwarm oder weiß Gott was. Aber ich fühlte mich vollkommen sicher, blickte in den Himmel auf die imaginäre Leinwand und wartete voller Spannung auf das, was geschehen würde.

Dann sah ich Menschen auf der Leinwand, ganz in der Ferne. Sie formten sich an Ort und Stelle, wurden pixelig und lösten sich wieder auf, um an anderer Stelle sich neu wieder zu formen. Zuerst waren es nur einzelne, dann ganze Gruppen. Ich hatte den Eindruck, dass sie miteinander kommunizierten und ich konnte auch deutlich ihre Münder sehen. Die aber bewegten sich nicht. Sie schienen sich mit Blicken, Mimik, Gesten zu verständigen. Es waren Große und Kleine, aber die Kleinen unterschieden sich nicht wesentlich von den Großen, außer durch ihre Körperlänge. Sie wirkten alle irgendwie jung und ausgeglichen. Überhaupt war die ganze Szenerie voller Harmonie.

Dann war das Bild weg und ein neues baute sich auf. Eine Katze, das heißt, es war mehr der Kopf einer Katze. Der verwandelte sich in einen Tigerkopf, einen Pferdekopf, und so weiter, nahm alle möglichen Formen an, so dass ich sämtliche Arten sehen konnte, hört sich jetzt komisch an. Riesig jedenfalls, die Köpfe. Am Schluss war es der einer Schlange, wie ein Ballon so groß, wurde größer und größer und platzte schließlich. Aus ihm heraus quollen kleinere Tiere, aber das waren welche, die ich noch nie gesehen hatte. Vielleicht waren sie so etwas wie meine Traumgestalten, manche mit schweren Körpern und großen Flügeln, die wie Seide glänzten. Einige wohnten in Höhlen aus purem Kristall und manche hatten einen Körper, gleich einem zerklüfteten Gebirge, in dem wieder andere Tiere lebten.

Als ich mich gerade an diese Vielfalt gewöhnt und sie zu genießen begonnen hatte, wölbte sich etwas Metallenes über das Bild und verdeckte es ganz und gar. Es wurde düster und kalt, ich spüre noch heute, wie ich auf einmal fror. Dann wurde das Metall zu einem glühenden Ball, und ich sah verschiedene Planeten, vielleicht das Weltall? Schließlich verschmolz der Ball mit einem der Planeten, flog eine Kurve und kehrte zurück, landete, löste sich auf.
Am Schluss wurde alles von einem gigantischen gleißenden Feuer überformt; kein Feuer, wie wir es kennen, sondern ein virtuelles, alles umfassendes, das nichts verzehrt, sondern in sich aufnimmt, damit am Ende alles ein großes Ganzes wird, der Ursprung, in den alles zurückkehrt.

Dann war das Spektakel zu Ende. Über dem Wald war es jetzt dunkel. Ich tastete nach meinen Kleinen, die warm und friedlich schliefen, machte kehrt und orientierte mich an den Straßenlaternen im Dorf, deren Lichter auch von hier aus gut zu erkennen waren. Daheim ein Blick auf die Uhr: Halb zwölf. Ich glaubte es zuerst nicht. Aber ich musste über eine Stunde lang an dieser Stelle gestanden haben und dem Treiben auf dieser virtuellen Leinwand zugesehen. Da mein Mann an diesem Abend geschäftlich unterwegs war, packte ich die Zwillinge schnell ins Bett und ging dann auch schlafen. Ich war hundemüde. Erst jetzt merkte ich, wie anstrengend das alles gewesen war. Ich hatte ja auch keine Erklärung für das Ganze. War ich womöglich verrückt geworden? Oder waren es die Hormone, die sich langsam wieder auf ihren normalen Zyklus umstellten?

So. Das ist meine Geschichte. Ich habe in all den Jahren immer wieder über dieses Erlebnis nachgedacht und eine Erklärung gesucht, vor allem in letzter Zeit, seitdem die Zwillinge aus dem Haus sind, erst ging Sandra, dann Sophia. Ich habe auch tatsächlich eine Erklärung gefunden, oder vielmehr eine Überlegung dazu. Ich habe mich nämlich immer gefragt, wie Johannes zu den starken Bildern in der Apokalypse gekommen ist, in der Bibel, meine ich. Heute stelle ich diese Frage anders: Hatte Johannes eine Vision, so ähnlich, wie ich sie hatte? Hatte sich vor ihm auch eine Art Leinwand aufgetan, und hat man ihm dann Bilder gezeigt von einer Zukunft, die heute unsere Gegenwart ist? Ich weiß, es ist vermessen, so zu denken. Viele sagen, die Apokalypse sei noch weit entfernt. Und ich will mich ja auch nicht mit Johannes vergleichen. Aber sein könnte es doch, oder? Diese verschiedenen Tierarten, die friedlichen Menschen, Sprechen durch Gedanken, Fortkommen ohne Auto, Fliegen im Weltall, Körper auflösen und woanders wieder entstehen lassen, Reisen ohne Flugzeug, Verschmelzen mit den Planeten, vielleicht waren das die Ereignisse der Zukunft, die im wahrsten Sinne des Wortes an diesem Abend ihre Schatten voraus, nämlich in unsere Zeit hineingeworfen haben? Ich jedenfalls denke seither über solche Schatten der Zeit nach und versuche auch, sie im Alltag zu erkennen. Immerhin hatte es ja mit den Tannen am Waldrand begonnen. Und wer sagt mir, dass so etwas nicht täglich wieder passieren kann?

Der Spiegel

Als ich kürzlich unten am Bach spazieren ging, es war Nachmittag und die Sonne schien hell, kletterte ich ans Ufer hinunter, um dem Wasser zuzusehen.

Als ich dort unten saß, die Baumkronen über mir, das plätschernde Wasser vor mir, wurde mir auf einmal kalt. Wind kam auf, die Sonne verdunkelte sich und es wurde still. Schräg hinter mir hörte ich ein Geräusch, und als ich mich umdrehte, konnte ich dort schemenhaft einen großen Hund erkennen. Oder war es ein Wolf? Ich war mir nicht sicher, weil er so groß war, sein Schwanz zottig, die Schnauze lang, die Augen schmal.

Mir war mulmig. Ich blieb ganz ruhig, um ihn nicht zu reizen, aber da drehte er sich um, und schon war er weg. Ein Knacken neben mir, dort, wo die Wurzeln eines großen Baumes sich zwischen den dicken Mauersteinen am Bachlauf hineingegraben hatten; ein bizarres Gebilde aus Stein, Wurzeln und Lehm.

Das Knacken wurde lauter und intensiver, es gab eine Erschütterung und ich sah, wie sich neben mir der Boden zwischen den Wurzeln langsam öffnete. Ein Erdbeben, das die Erde aufriss! Ich saß wie versteinert, krallte meine Finger in den Boden, suchte Halt. Dann war es vorüber.

Einen phantastischen Augenblick lang betrachtete ich die vielen dicken und dünnen Verästelungen der Wurzeln, die bis in die Tiefe reichten. Und als ich mich weiter über die Öffnung beugte, blickte ich in ein Meer von Farben. Tief unten lag ein spiegelglatter kleiner See, der in allen Regenbogenfarben schimmerte.

Obwohl der Graben tief war, konnte ich alles sehr gut erkennen. Es war, als ob der Spiegel leuchtete und den Farben sein Leuchten mitgab. Dieses stieg den Schacht herauf, ergoss sich über die Ränder und hinterließ dort einen blassfarbigen Flaum zarter Pflanzentriebe, bevor es mit einem sanften Schimmer verlosch.

Ich war Zeuge eines wundersamen Schauspiels der Natur geworden. Vielleicht wollte es mir auch etwas sagen, ich weiß es nicht. Jedenfalls war es so schnell vorüber wie es gekommen war. Mit einem weiteren kurzen Beben schloss sich der Boden wieder. Die Wurzeln bewegten sich in ihre ursprüngliche Position zurück, die Erde senkte sich zu einer geschlossenen Lehmdecke, das Gebilde aus Stein, Wurzeln und Erde stand in ganzer Größe da wie zuvor, nur hie und da die Spuren der Erscheinung, eine aufgebrochene Grasnarbe hier, abgebrochene Blätter dort und natürlich die blassen Pflanzentriebe, die sich nach wenigen Minuten bereits gekräftigt zu haben schienen und intensivere Farbe angenommen hatten.

Die Pflänzchen wurden größer, Knospen bildeten sich, die sich zu kleinen Dolden öffneten und winzige Samen in ihre Umgebung hinein katapultierten. Diese wurden von einer leichten Brise in die Höhe gewirbelt und - umströmt von einem zarten Glanz - am gesamten Bachufer und der angrenzenden Wiese verteilt.

Ich brach einen der Halme ab, um sie einem Gärtner zu zeigen, der in der Nähe seine Gewächshäuser hat. Der aber sagte mir, er kenne die Pflanze nicht, sie sei vermutlich ein Unkraut. Auch meine weiteren Nachforschungen in den folgenden Tagen brachten kein Ergebnis. Als ich noch einmal an den Bachlauf ging, um ein Foto zu machen, konnte ich keine Pflänzchen mehr entdecken. Zu Hause steckte ich spontan das mittlerweile vertrocknete Exemplar, das ich mitgenommen hatte, in den Mund und kaute darauf herum. Es schmeckte bitter. Ich spuckte es aus und ließ es in den Topf einer Datura fallen, die im Sommer bei mir immer auf der Terrasse steht. Dann legte ich das Ganze für mich ad acta.

Der Sommer ging zu Ende, der Winter kam, das Frühjahr. Im Mai schließlich, als es wieder warm und hell war, und ich die Datura auf der Terrasse platzierte, machte ich eine erstaunliche Entdeckung. Die Erde im Topf der Pflanze schimmerte violett. Und als ich näher hinsah, entdeckte ich, dass auch die weißen Blätter der Pflanze ganz zart farbig schimmerten, rosa, gelb, türkis, violett. Es war sagenhaft, diesen Anblick werde ich nie vergessen. Es hielt sich auch nur diesen einen Sommer.

Seitdem bin ich oft unten am Bach und sehe dem Wasser zu. Und ich bin ganz sicher, dass sich eines Tages wieder die Erde öffnen wird. Und dann werde ich die Menschen darauf aufmerksam machen, damit meine Entdeckung nicht ein zweites Mal verloren geht.

Das Katzenkissen

Ich hatte gerade Sylphe verloren, eine Perserkatze, silbergrau mit schwarzer Maserung. Sie sah immer ein bisschen zerzaust aus, wegen der vielen Narben und Wirbel und weil ihr Fell ständig verfilzte, obwohl ich es täglich bürstete. Ihre Nase war nicht so platt wie es die Qualzuchten früher vorsahen; vermutlich eine Rückkreuzung oder das Resultat streunender Vorfahren. Sylphe war ein Straßenfund. Ich hatte sie vor Jahren aus dem Tierheim geholt, nachdem niemand sie mehr haben wollte, weil sie schon alt war. Man schätzte sie auf vierzehn.

Bei mir lebte sie noch einmal sechs Jahre. Sie hatte grüngelbe Augen, die so viel Ruhe ausstrahlten, dass ich sie abends oft einfach nur betrachtete und diesen Frieden genoss. Irgendwann kam sie dann zu mir, rollte sich auf meinem Schoß zusammen und schlief ein. Weil sie eine Freigängerin war, kam sie manchmal erst spät nachts durch die Katzenklappe heim. Am nächsten Morgen lag sie im Wohnzimmer an der hinteren Ecke der Couch auf ihrem Katzenkissen und beobachtete mich schnurrend bei der Zubereitung des Frühstück. Erst des ihren. Dann des meinen.

Eines Tages rührte sie ihr Fressen nicht mehr an und verzog sich hinter das niedrige Gebüsch unter meinem Erdgeschoss-Balkon. Ich wusste, was das bedeutete und ließ sie in Ruhe. Und als ich sie am nächsten Abend unweit entfernt von der Stelle begrub, wo ich ihren toten Körper gefunden hatte, und eine Schwertlilie aus meinem Garten auf den kleinen Erdhügel legte, konnte ich mir nicht vorstellen, dass mein Herz jemals von diesem Schmerz befreit werden würde.

In den darauf folgenden Tagen war ich ständig in der Erwartung, sie morgens auf ihrem Kissen vorzufinden, weshalb ich es nicht übers Herz brachte, ihre Sachen von der Couch wegzuräumen. Nur Fressnapf und Kratzbaum entsorgte ich. Selbst als ich die Wohnung zwei Tage später auf Hochglanz brachte, um meine Gedanken auf etwas Anderes zu lenken, rührte ich das Kissen nicht an. Ich wäre mir vorgekommen wie eine Verräterin.

Zwei Wochen später erhielt ich einen Anruf von dem Tierheim, aus dem ich Sylphe hatte. Sie hatten eine trächtige Mischlingshündin auf einem Rasthof gefunden und suchten dringend nach Pflegestellen.
Einer geht und einer kommt, dachte ich.
Das Leben war manchmal so unendlich profan.

Zehn Wochen später fuhr ich ins Tierheim, um mir den Wurf anzusehen. In einem der Gehege zupften zwei buntscheckige Wollknäuel auf vier Beinchen an einem Stofftuch herum, drei andere spielten mit einem Tennisball. Als ich an das Gitter trat und in die Hocke ging, kamen sie auf mich zugelaufen, ihre Mutter im hinteren Teil des Zwingers, die sich gerade noch ihre Pfoten geleckt hatte und nun innehielt, um mich zu mustern.
Die Welpen schnupperten an meinen Händen, zwei legten ihre Vorderpfoten an den Zaun, um in Richtung meines Gesichts schnuppern zu können, ihr Atem kurz und schnell, die kleinen Ruten wedelten um die Wette. Ihre Ohren hingen lang

herunter und waren voller Locken. Sie waren jetzt fast zwölf Wochen alt. Welche Rassen sich hier zusammengefunden hatten, konnte man mir nicht sagen. Nur, dass ein Cockerspaniel im Spiel gewesen sein musste.

So schnell wie die Bande angerannt gekommen war, widmete sie sich nun wieder ihrem Spiel. Nur eines der Welpen nicht. Es war ein kleines Mädchen. Es schaute mich mit seinen runden orangegelben Augen an, und ich hatte sofort das Gefühl von Vertrauen und Nähe und Ankommen. So, als hätte ich schon einmal in diese Augen gesehen. Da konnte ich nicht anders als sie zu adoptieren.

Als wir zu Hause ankamen, lief die kleine Cockerspaniel-Mischlings-Hündin in meiner Wohnung herum, beschnupperte jede Ecke und blieb vor der hinteren Teil der Couch stehen, auf der immer noch Sylphes Katzenkissen lag. Zuerst schnupperte sie ausgiebig, dann versuchte sie, die Couch zu erklimmen, wobei ich ihr helfen musste, weil sie noch zu klein war, um hinaufzuspringen. Dann legte sie sich auf das Kissen, als wäre dies schon immer ihr Platz, rollte sich zusammen und schlief ein.

Sie brauchte ein paar Tage, um sich an den neuen Rhythmus zu gewöhnen. Ich stellte ihr einen Schemel vor die Couch, damit sie das Kissen ohne mich erreichen konnte. Als ich wenige Tage später nach der ersten unterbrechungsfreien Nacht morgens ins Wohnzimmer trat, lag die Hündin auf ihrem Kissen und beobachtete mich bei der Zubereitung des Frühstücks. Erst des ihren. Dann des meinen.

Wärme breitete sich in mir aus und es war, als ob sich etwas in mir löste. Ich glaube, es war der Schmerz um den Verlust von Sylphe. Er war geheilt durch dieses neue Leben, das ihren Platz eingenommen hatte, als wäre es eine Selbstverständlichkeit. Ich nannte sie Wota, nach dem germanischen Gott Wotan, dem Heiler.

Lange war mir nicht klar, wie ähnlich Wota Sylphe ist, es ist unglaublich; nicht nur die Gewohnheiten, das Kissen, diese merkwürdigen Augen, auch andere Dinge, Kleinigkeiten, wie sie ihren Kopf an mich drückt oder sich abends zu mir auf den Schoß legt. Eine Woche nach ihrer Ankunft versuchte Wota zum ersten Mal, die Wohnung durch die Katzenklappe zu verlassen; auf dem Nachhauseweg vom Gassigang dasselbe Spiel, von draußen. Es ging wegen der Chipsteuerung natürlich nicht. Ich weiß, es klingt verrückt, aber falls es so etwas wie Seelenwanderung gibt, dann ist meine Katze zu mir zurückgekehrt. In einem anderen Körper. Im Körper eines Hundes.

Das alles war vor vier Jahren. Ich habe um meinen Garten herum einen Zaun ziehen und eine größere Klappe einbauen lassen. An manchen Sommertagen kommt sie erst spät nachts wieder herein.

Die Anhalterin

Ich hatte gerade meine Mutter besucht, die in Murrhardt wohnt. Jetzt war ich auf dem Nachhauseweg. Ich hielt mein Auto an und ließ das Fenster herunter. Eine Anhalterin im alten Anorak und altmodischen derben Stiefeletten stand an der Straße. Ich fragte sie, wohin sie wolle.
„Zum Riesberg hinauf", sagte sie.
„Gut, ich nehme Sie mit."

Als sie einstieg, brachte sie den Duft nach Erde und Patschuli mit. Sie zog jeden Fuß einzeln sorgfältig in den Wagen herein, strich ihren Rock glatt, schloss die Tür und ließ sich erklären, wie der Sicherheitsgurt funktionierte, nachdem ich sie gebeten hatte, sich anzuschnallen. Lächelnd bedankte sie sich. Ich fand das schon ein bisschen merkwürdig. Aber ich sagte natürlich nichts.

Ich also die Handbremse losgemacht und Gas gegeben. Wer den Riesberg kennt, weiß wie steil und kurvig er ist; da muss ein Wagen mit wenigen PS gut durchstarten, sonst fehlt der Schwung. Das Radio dudelte eine Melodie. Ich machte es aus. So leise hören war blöd. Aber laut machen mit einem fremden Fahrgast, das wollte ich auch nicht. Ich fummelte mir noch den kleinen Ear-Pod meines Smartphones aus dem rechten Ohr. Dann wieder beide Hände ans Lenkrad und weiter, die Straße, Kurve um Kurve, jetzt kam die ganz enge, steile. Dann wieder Gas geben, raus aus der Kurve.

„Hoppla!" Das war meine Beifahrerin.
Ich musste vorsichtiger fahren, drosselte das Tempo ein wenig. Es zog sich wie immer auf dieser Strecke. Gähn.

Plötzlich steht sie da. Eine riesige Wildsau. Direkt vor mir. Mitten auf der Straße. Links steile Böschung runter, rechts steile Böschung rauf. Bremsen quietschen. Knöchel, die das Lenkrad umschließen, treten weiß unter der Haut hervor. Die Beine total durchgedrückt, jeder Muskel bebt. Das ABS schaltet sich ein. Einen halben

Meter vor der Sau kommt mein Wagen zum Stillstand. Das Vieh grunzt noch, bevor es gemächlich weiterzieht. Nicht zu fassen. Als wäre nichts geschehen.

Ich spürte, wie das Blut in meinen Adern pochte und war gleichzeitig unfassbar erleichtert. Kein Kratzer, kein Unfall, kein Schleudern, nichts. Auch das Tier war unversehrt.
Die Anhalterin! Es ging ihr doch gut?!
Ein Blick auf den Beifahrersitz – und mein Staunen war maximal. Der nämlich… war leer. Auf der Fußmatte ein glänzend nasses Buchenblatt. Das konnte nur sie gewesen sein, die es beim Einsteigen hereingebracht hatte. Der Rücksitz? Auch hier saß niemand.
Durch die Autoscheibe sah ich Bäume und das niedrige Geäst am Fahrbahnrand. Den Wald. Aber keine Anhalterin. Man denkt immer, dass einem so etwas nicht passieren kann, dass es solche Dinge nur in phantastischen Geschichten gäbe.

Dann hörte ich hinter mir ein Hupen. Der Wagen überholte mich, der Fahrer gestikulierte mit aufgerissenem Mund. Er wäre beinahe in mich hineingefahren.

Ich war so erschrocken, dass ich Gas gab. Erst mal weiterfahren, dann links und rechts hinaussehen, vielleicht würde ich die Frau irgendwo entdecken. Weiter oben stieg ich an einem Waldparkplatz aus und ging den ganzen Weg zurück an der Straße entlang, einen Waldweg hinein, ich suchte über eine Stunde. Aber da war niemand. Ich habe diese Frau nie wieder gesehen.

Aber das Allerkurioseste: Meine Mutter erzählte mir, dass in früheren Jahren Geschichten von einer Anhalterin am Riesberg kursierten. Dunkel erinnerte ich mich dann auch wieder an die Geschichten, die ich als Kind aufgeschnappt hatte. Einmal hätte die Anhalterin einen Wagen angehalten, um sich mitnehmen zu lassen. Der Wagen sei von der Straße abgekommen und von einem Baum in der Mitte zerteilt worden, aber wie durch ein Wunder blieben alle Passagiere unversehrt.

Die Alten erzählen sich heute noch Geschichten von der Anhalterin. Ob die alle wahr sind, wer weiß das schon? Ich jedenfalls weiß, was ich erlebt habe. Und das genügt mir.

Überholmanöver

Wenn man in eine außergewöhnliche Situation gerät, bekommen banale Ereignisse plötzlich eine Bedeutung. Weil sich die Wahrnehmung verändert. Ich hatte bereits davon gehört. Aber wenn man es selbst erlebt, hat es schon noch mal ein anderes Gewicht.

Es fing damit an, dass ich den Masten rammte. Ihn überfuhr, so dass er tot liegen blieb. Was machte er auch hier auf diesem Feldweg? Da war ein Bauernhof in der Nähe. Feldweg ist das falsche Wort. Ein Weg zum Bauernhof. Telefonleitung, klar, gibt es dort.

Ich also darüber hinweg, weil ich auf der eisglatten Straße während eines Überholmanövers ins Schleudern geraten war, voll in Richtung Acker.

Als ich den Holzmasten überfuhr, sah ich Lichter. Ich dachte immer, dass das Leben an einem vorbeiziehe, wenn es soweit ist. Aber ich sah Lichter. Klar, es war ja nicht das Ende. Bunte Lichter, ein Strahlen. Dann eine Figur; vor dem hellen Licht sah ich nur ihre Umrisse. So sieht Jesus aus, denke ich noch, schmal, halblanges Haar, als ein Stier auf mich zu walzt und sein Horn in meine Seite bohrt und mich ein Schmerz durchfährt, den ich mein Lebtag nicht vergessen werde.

Als ich aufwachte, dämmerte es bereits. Dann helles Licht. Eine Hand. Augen. Wo bin ich? Meine Augen blicken suchend umher. Die Hand streicht mir über den Kopf. Meine Augen sind so schwer. Nacht.

Die OP sei gut verlaufen, sagte man mir später, als ich wieder zu mir gekommen war. Diesmal richtig, so mit vollem Bewusstsein. Schwieriges Atmen. Meine Frau sitzt an meinem Bett und hält ein Baby im Arm. Die Erinnerung schwimmt durch meinen Kopf, durch meinen Hals und mein Herz hinunter in meinen Bauch, wo sie ein diffuses Gefühl von Aufgeregtheit hinterlässt. Der Anruf meiner Frau, weil die Wehen eingesetzt hatten. Ich wollte schnell zu ihr fahren, ärgerte mich noch über den Schnarcher vor mir, ein Kombi, ich überholte. Ich war ganz im Glück gewesen, weil ich an diesem Tag von meinem Verleger kam, der mein jüngstes Manuskript total gut fand. Veras Augen voller Erleichterung. Sie nimmt mich vorsichtig in den Arm, das Baby an meine Seite legend.
„Unser Kind." sagt sie. „Ariane."

Staunen und Glück. Ich betrachte ihr schönes Gesicht und die rosafarbene Haut des Neugeborenen.

„Wann ist sie…?"

„Als du den Unfall hattest. Vor vierzehn Tagen", sagt Vera und küsst mich auf die Stirn. Als ich noch etwas sagen und mich aufrichten will, um unser Kind in den Arm zu nehmen und mich ein wilder Schmerz durchfährt, macht sie Pscht, streichelt meine Wange, sieht mich nur an. Froh. Die Spitze des Regenschirms auf dem Beifahrersitz hatte sich zwischen meine Rippen gebohrt, als sich der Wagen überschlagen hatte. Doch die Ärzte hatten mich wieder zusammengeflickt. Man sagte mir, dass nichts bleiben würde. Nichts als die Erinnerung und eine Narbe.

Der Fahrer eines Sattelzuges war als Erster am Unfallort gewesen und hatte den Notarzt verständigt. Ich fuhr einige Wochen später zu ihm, um mich bei ihm zu bedanken, und er zeigte mir ein Bild von seinem Sattelschlepper. Es war so einer mit zig bunten Lichtern. Er schenkte mir das Foto. Die Lichter fielen mir wieder ein, die ich während des Unfalls gesehen hatte. Und die Gestalt. Ich betrachtete meinen Retter. Schlanke Silhouette, schmales Gesicht, halblange Haare, ein junger Kerl, ein bisschen ungepflegt. Ich sei bewusstlos gewesen, sagte er. Und voller Blut.

Das alles ist schon Jahre her. Ariane ist mittlerweile zehn, hat einen Bruder und findet es toll, dass ihr Vater Bücher schreibt. Vera hat sämtliche Stock- durch Teleskopschirme ersetzt. Und ich? Ich nehme mein Leben und die Veränderungen seither bewusster wahr. Auch diese Ich-hab's-doch-gleich-gewusst-Empfindungen habe ich jetzt öfter. Das hat jeder, ich weiß. Vielleicht fällt es mir nur bewusster auf als anderen. Die Lichter, den Fahrer, ich hatte das wohl vor meinem geistigen Auge gesehen, eine Vision im Moment höchster Gefahr. Nur die Sache mit dem Stier konnte ich mir lange nicht erklären.

Bis mir kürzlich das Foto des Sattelschleppers in die Hände gekommen ist. Mir fiel ein Sticker auf, den sich der Fahrer hinter die Windschutzscheibe geklebt hatte, ein winziges Rund auf dem Foto. Ich fotografierte es mit dem Handy und schaute mir die Vergrößerung an. Sie war verschwommen. Trotzdem konnte ich einen Stier erkennen – ein Tierkreiszeichensymbol? – und ich sah deutlich seine Hörner in die Höhe ragen.

Der Maler

Heute lässt man sich ja nicht mehr portraitieren, ich meine, so wie früher, damit man sich ein Ölgemälde an die Wand hängen kann, wie es beim Adel und der Kirche seit jeher, später im aufstrebenden Bürgertum üblich war. Ich habe mich aber trotzdem portraitieren lassen, durch eine Reihe von Zufällen. Und das ist meine Geschichte:

Ich arbeite in der Werkzeugbranche, und wir waren gerade dabei, einen neuen Rohmateriallieferanten aufzutun, weil es mit dem anderen ständig Ärger gab. Entsprechend chaotisch war die Zeit und ich fiel jeden Abend todmüde ins Bett, weil mich das Ganze ziemlich viele Nerven kostete.

Eines Nachts hatte ich einen Traum. Ich saß im Atelier eines Malers, der ein Bild von mir malte. Es war sein Atelier, in dem es außer der Couch, auf der ich saß, noch einen Tisch und zwei Stühle gab, und jede Menge Bilder, die an der Wand lehnten, auf Staffeleien standen oder aufgehängt waren. Und natürlich Farbtöpfe, Tuben, eine größere Leinwand mit einer begonnenen Zeichnung. Es roch nach Farbe, ich nahm das genau wahr in diesem Traum, diesen schweren, tranigen Geruch des Öls und eine schwache Note von Lösungsmittel.

Der Mann studierte jede Linie meines Gesichts, hieß mich den Kopf drehen, dann neigen, mich anlehnen, einen Arm auf die Rückenlehne des Sofas legen, das Gesicht entspannen; Halbprofil, so dass nichts als die Zimmerecke in meinem Blickfeld war, in der eine Werkzeugkiste stand und eine zusammengeklappte Staffelei vor einer altbackenen beigen Wandtapete mit Rautenmuster.

Ich fand das endlos langweilig und wäre gerne aufgestanden, aber ich konnte nicht. Mein Körper fühlte sich an wie Beton, und je mehr ich mich darum bemühte, aufzustehen, desto unmöglicher wurde es. Ich fühlte, wie sich Schweißperlen auf meinem Kopf bildeten – ich habe eine Glatze – und mir über die Stirn liefen. Natürlich bekam ich einen Rüffel, als ich mich bewegen wollte, um sie wegzuwischen (jetzt auf einmal ging es wieder, warum auch immer…). Stattdessen musste ich es über mich ergehen lassen, von ihm mit einem Handtuch abgetupft zu werden, das nicht wirklich frisch gewaschen aussah. Na ja.

Dann, nach einer endlosen Weile, fing er mit seiner Arbeit an. Ich wäre beinahe von der Couch gefallen, als ich diesen ersten Ton vernahm. Es war wie ein lautes Kreischen, das in ein langgezogenes „Aaaah" mündete, schwer zu sagen, ob es Sekunden oder gar Minuten dauerte, um sich dann zu verschiedenen anderen Geräuschen und Vokalen zu verdichten, sich wieder in hellere Töne aufzulösen und schließlich in dunklere Nuancen überzugehen. Manche der Töne ließen mich erzittern, manche zusammenzucken, in wieder anderen konnte ich mich wiegen, fühlte mich geborgen wie ein Säugling in den Armen der Mutter; dann gab es welche, die waren hoch wie die Spitze des Eifelturms, über die Wildgänse ziehen, andere tief wie eine Grotte mit Echsen und rotem Stein. Immer wieder blickte mich der Maler an, während er diese seltsamen Töne formte, immer wieder sah er dann zu seiner Leinwand auf der Staffelei, die vor ihm stand, mit den Augen diese fixierend, abtastend, abwandernd, als wollte er die Töne auf die Leinwand bannen, transmutieren in Farbe und Gestalt. Nach einer Zeit geriet er in Trance. Keine Chance, diesem Treiben ein Ende zu machen, dachte ich noch, während neuer Schweiß auf meiner Haut mittlerweile angetrocknet war, denn zwischendurch hatte ich gezittert. Sein Blick war manchmal so... schwer zu beschreiben, so stechend, dass mir kalt wurde. Vielleicht lag es auch an den Tönen, ich konnte das nicht auseinanderhalten, mein Innen und Außen, die Töne, seine Augen, alles verschmolz und fühlte sich an, als ob meine Konturen sich auflösten und von dieser teils jämmerlichen, teils unwirklich schönen Stimme auf die Leinwand gebracht würden. Es war, als würde ich mich in diesem Traum verlieren, weshalb ich irgendwann Panik bekam und schließlich laut schrie. Davon erwachte ich und war froh, dass dieser krasse Zustand nur ein Traum gewesen war, obwohl ich ihn so täuschend echt wahrgenommen hatte. Nur eines hätte mich natürlich noch interessiert: Was war das für ein Bild gewesen, das der Maler von mir gemalt, nein, gesungen hatte?

Einige Zeit verging, die Hektik des Alltags packte mich wieder, ich vergaß den Traum. Dann machte ich Urlaub, meinen lang ersehnten Urlaub mit meiner Frau in Paris, den ich ihr zu unserem Hochzeitstag geschenkt hatte. Natürlich schlenderten wir auch über den Place du Tertre in Montmartre und schauten die Bilder an, die die Maler, wie früher, in den Straßen verkauften.
Als wir dort so entlang gingen, meine Frau und ich, bleibt sie irgendwann stehen und starrt ein Bild an. Dann weist sie erstaunt darauf, es sehe aus, als sei es aus den kubistischen Anfängen Picassos. Sie kennt sich aus, meine Frau, weil sie sich seit ihrem siebten Lebensjahr mit der Malerei beschäftigt, das sollte ich noch erwähnen, deshalb

bin ich in dieser Hinsicht nicht ganz unbeleckt. Ich sehe mir das Bild genau an, und dann entgleisen mir sämtliche Gesichtszüge. Der Traum tritt in mein Bewusstsein. Ich sehe die Situation vor mir, wie ich dort sitze, nicht wegkann.

Dann, meine Frau: „Es sieht dir ähnlich", sagt sie, sieht mich an, dann wieder das Bild, „verblüffend."

Ein Glatzkopf, Halbprofil, ein Arm auf der Lehne eines Sofas, angelehnt auf diesem Sofa sitzend, gelangweilt vor sich hinstarrend, nein, genervt vor sich hinstarrend. Meine Nase hat einen leichten Höcker, mein Kinn ist ein fliehendes, trotz Glatze trage ich Koteletten, ziemlich männlich, wie meine Frau findet. Mein Profil, mein Gesicht, definitiv, das bin ich. Ich erinnere mich an die krassen Töne, sehe die dicken Linien und dunklen Farben, dann die geschwungenen in weichen Farben, so zart wie der Gesang an manchen Stellen. Die Situation, die Klänge, alles ist wieder da. Hier. Jetzt. Ganz zu schweigen von der Tapete. Beige mit Rauten.

Als ich vom Künstler, einem Jungen, kaum zwanzig, wissen will, wen er da portraitiert habe, sagt er, er habe das Bild kürzlich in Kommission genommen von einem befreundeten älteren Kollegen, der aufgrund eines Handicaps nur noch mit dem Mund malen könne, weshalb der ohnehin scheue Mann zurückgezogener lebe denn je und keinen Besuch empfange. Seine Bilder male er aus der Erinnerung.

Mit dem Mund malen, fuhr es mir durch den Kopf. Nach meinem Traum zu urteilen konnte ich nur sagen, wie wahr, wie wahr...Während er das erzählte, blickte er zwischen mir und dem Bild hin und her. Ob wir schon mal hier gewesen seien und ob wir den Maler kennen, fragte er, und nannte dessen Namen. Der allerdings sagte weder meiner Frau noch mir etwas, und in Paris waren wir zum letzten Mal vor dreißig Jahren gewesen, auf Hochzeitsreise. Damals war mein Kopf voller Locken.

Nachdem er unser Interesse erkannt hatte, wollte der Kerl einen Haufen Geld für das Bild haben, war ja klar. Wir gaben es ihm. Einen solchen Zufall erlebe man schließlich kein zweites Mal, sagte meine Frau. Ich nickte und lächelte und erzählte ihr von meinem Traum. Sie sei mit einem Hellseher verheiratet, sagte meine Frau und lächelte ebenfalls und gab dem Jungen ein Foto von sich selbst nebst Visitenkarte, verbunden mit einem entsprechenden Auftrag an den älteren Kollegen.

Wir warteten beinahe ein Jahr, bis das Portrait eines Tages, gut verpackt, mit dem Paketservice angeliefert wurde. Es gefiel uns beiden außerordentlich gut und es passte wunderbar neben das andere. Seither zieren beide unser Wohnzimmer und werden von unseren Gästen bewundert.

Meine Frau hat übrigens keinen ähnlichen Traum gehabt.

„Klar, zu dir musste der Maler ja keinen Kontakt aufnehmen. Er hatte ja das Foto", sagte ich ihr mit einem Augenzwinkern.

„Falls der Junge es nicht selbst gemalt hat", erwiderte sie.

Aber wer das Gemälde genau ansieht, der wird es bemerken, manche Linien krass hart in grellen Lichtern, andere zart und geborgen in schönen farbigen Tönen. Kein Zweifel, wer dieses Bild auf Leinwand gebannt hat.

Später habe ich noch einmal versucht, Kontakt zu dem Maler aufzunehmen, weil ein befreundetes Pärchen sich ebenfalls von ihm portraitieren lassen wollte. Postalisch teilte man mir mit, er sei unbekannt verzogen. Das war das Letzte, was ich von ihm hörte.

Inhalt

Wenn Sie ähnliche Geschichten erlebt oder gehört haben und Lust haben..., schreiben Sie mir gerne per Mail ein paar Zeilen dazu. Vielleicht kann ich Ihre Geschichte, frei nacherzählt, in ein weiteres Buch mit aufnehmen.

Meine Mailadresse: helena_pachs@t-online.de

Herzliche Grüße

Ihre